暴露

遊撃警視

南 英男

祥伝社文庫

目次

第一章　社会部記者の死

1

　前方から女が駆けてくる。

　誰かに追われているようだ。二十五、六歳だろうか。個性的な顔立ちの美女だった。靴とバッグを抱え、怯《おび》えた表情で走っている。

　渋谷の裏通りである。八月上旬のある夜だ。七時を回って間もない。

　加納卓也《かのうたくや》は立ち止まった。道路のほぼ真ん中だった。目を凝《こ》らす。

　女を追っている男は、やくざっぽかった。三十代の半《なか》ばだろうか。

「なぜ追われてるんだ?」

　加納は、女の行く手に立ち塞《ふさ》がった。相手が呼吸を整えてから、口を開く。

「わかりません。東急ハンズ近くのオルガン坂を歩いてるとき、知らない男に急に腕を摑《つか》まれてワンボックスカーの中に押し込まれそうになったんです」

「誰かに恨まれるようなことはしてない？」

「ええ」

「そう。もう安心してもいいよ」

加納は女を自分の背後に立たせ、駆けてきた男を睨《にら》みつけた。視線がスパークする。

「後ろの彼女とは面識もないそうじゃないか」

「そうだが、あんたが庇《かば》ってる女は犯罪者だぜ。とんでもないことをしてるんだ。その女を引き渡してもらおうか」

「そうはいかない」

「てめえ、痛い目に遭《あ》ってもいいのかっ」

「堅気《かたぎ》じゃなさそうだな。どの組に足《ゲソ》つけてる？」

「おめえ、何者なんでえ」

男が気色《けしき》ばみ、右のロングフックを放った。空気が縺《もつ》れ合う。

加納はパンチを躱《かわ》し、ステップインした。すかさずボディーブロウを見舞う。狙ったのは肝臓《レバー》だった。

柄の悪い男が呻《うめ》き、前屈《まえかが》みになる。加納は相手の向こう臑《ずね》を蹴った。骨が鈍《にぶ》く鳴った。

男が唸《うな》って、さらに体を折る。

加納は膝頭で相手の胸板を蹴りつけた。男が頽《くずお》れる。

「逃げるんだ」

加納は背後の女に言った。

「でも……」

「いいから、逃げろ」

「はい！　ありがとうございました」

女が勢いよく走りだした。

そのとき、男が立ち上がった。その手には、大型カッターナイフが握られていた。刃渡りは十センチ近い。

「銃刀法違反で手錠《ワッパ》打たれたくなかったら、とっとと失《う》せろ。今回は大目に見てやろう」

「あんた、警官《マッポ》なのか!?　刑事には見えねえけどな」

「そうかい」

加納は微苦笑して、懐からＦＢＩ型の警察手帳を取り出した。ほとんど同時に、男が身を翻《ひるがえ》した。カッターナイフを握ったまま、一目散に逃げ去った。

事件通報の必要はないだろう。加納はそう判断し、馴染《なじ》みのバーに向かった。大人の男女が通う酒場だった。

三十九歳の加納は、警視庁の刑事である。一般警察官《ノンキャリア》ではない。以前、国家公務員試験Ⅱ種（現・一般職）と呼ばれていた難関を突破した準キャリアだ。Ⅰ種（現・総合職）合格者の警察官僚《キャリア》に次ぐエリートである。

事実、加納は一年八カ月前まで本庁捜査一課の管理官を務《つと》めていた。要職だが、スピード出世を素直には喜べなかった。加納は現場捜査が好きだった。準キャリアでは珍しいだろう。

管理官たちは都内の所轄署に設けられた捜査本部で指揮を執《と》っているだけで、聞き込みや張り込みをすることはない。加納はそれが不満だった。物足りなかった。

準キャリアの彼は警察大学校で六カ月学んだだけで、早くも警部補になった。ノンキャリア組は巡査からスタートする。

加納は一年後には警部に昇進し、その二年後には警視になった。まだ二十六歳だった。出世は早かったが、別に上昇志向はなかった。Ⅱ種試験を受けたのは、冷やかし半分の運《うん》試《だめ》しだった。

キャリアや準キャリアは、三十歳前後で警視正になれる。出世を望んでいない加納は、現職階の警視のままでいたいと本気で願っていた。

警視正になったら、管理職に就《つ》かされる。つまり、現場捜査には携《たずさ》われなくなってしまうわけだ。加納は、殺人や強盗など凶悪な犯罪捜査に魅《み》せられていた。現場捜査は刺激に満ち、やり甲斐もあった。難事件を落着させたときは、必ず大きな達成感が得られる。

といっても、加納は青臭い正義感に衝《つ》き動かされて警察官を志望したのではない。犯罪者たちを追い詰めるスリルがたまらなく好きなのだ。

加納は警察大学校を出ると、渋谷署刑事課強行犯《きようこうはん》係を拝命した。強行犯係は殺人や強盗事案《じあん》を扱うセクションだ。加納は希望が叶って嬉しかった。職務に励んだ。

二年後には池袋署に異動になった。やはり、強行犯係だった。その後、加納は本庁捜査一課強行犯捜査第四係の係長になった。同じ役職で第五係、第八係と移り、三十五歳のときに捜査一課の管理官に任命された。

花形の捜査一課を取り仕切っているのは、もちろん一課長だ。ナンバー2、3が理事官である。二人の理事官の下には現在、十三人の管理官がいる。その多くはキャリアか、準キャリアだった。

加納は管理官を務めながらも、現場に出られない不満を募《つの》らせていた。

そんな時期に不祥事を起こしてしまった。一年八カ月前のことである。加納は知り合いの老女を投資詐欺で騙《だま》した犯罪グループの主犯を徹底的に痛めつけ、三カ月の停職処分を科せられた。当然の処罰と受け止めた。

加納は高齢者や女性には常に優しい。そのことは生《お》い立《た》ちとは無縁ではなかった。加納は小学三年生のとき、両親と死別した。不慮の事故で、父母を同時に喪《うしな》ってしまったのである。

ショックは大きかった。加納は数カ月、失語症に陥《おちい》った。

両親がいなくなってからは、ずっと父方の祖父母に育てられた。年配者や女性を労《いたわ》るようになったのは、祖父母に惜《お》しみない愛情を注がれたからだろう。

その祖父母は、数年前に相次いで病死した。加納の父親は独りっ子だった。そんなわけで、祖父母の遺産は孫の加納がそっくり相続した。いま現在も、加納は住み馴《な》れた世田谷区用賀《ようが》の戸建て住宅で寝起きしている。

敷地は二百坪近い。独り暮らしには広すぎるが、当分、所帯を持つ気はなかった。

加納は文武両道に秀《ひい》でていたが、いわゆる優等生ではない。それどころか、無頼な暮らしをしていた。

加納は遊び好きで、酒と女に目がない。ことに好みの女性にのめり込みやすかった。相手に巧《たく》みに騙されたことは一度や二度ではない。それでも、加納の女好きは変わらない。

母性愛に飢えているのだろうか。そうなのかもしれない。

自宅謹慎中、予想もしない展開になった。

ある日、加納は堂陽太郎《どうようたろう》副総監に呼び出されて登庁した。副総監に導《みちび》かれたのは警視総監室だった。

立浪信人《たつなみのぶと》警視総監と三原等《みはらひとし》刑事部長が待ち受けていた。最初に言葉を発したのは、三原刑事部長だった。加納は、警視総監直属の単独特命捜査官にならないかと打診された。

一瞬、我が耳を疑った。副総監直属の特務班十一人が側面支援してくれるという。特捜指令の窓口は刑事部長が受け持つという話だった。現場捜査に従事するチャンスを逃したくなかった。

加納は二つ返事で快諾《かいだく》した。

条件は悪くなかった。危険手当の類《たぐい》は支給されないが、捜査費はふんだんに遣《つか》えるらしい。捜査車輛として特別仕様のランドローバーが与えられ、拳銃・手錠・特殊警棒は常時携行できるという。

その上、ある程度の違法捜査にも目をつぶってくれるそうだ。当然ながら、凶悪な反則技は認められていない。

加納は、この一年八カ月の間に八件の捜査本部事件を解決させた。

だが、どれも彼の手柄にはなっていない。あくまで極秘捜査ということで、加納の活躍ぶりは捜査本部の面々にも伝えられていなかった。黒子に甘んじているわけだが、特に不満はなかった。

加納は、警察庁長官公認の広域捜査官でもあった。地方都市で発生した殺人事件を三件ほど落着させたが、そのことも一般の警察関係者は知らない。

目的のバーに着いた。

加納は店内に足を踏み入れた。まだ時刻が早いからか、客の姿は疎《まば》らだ。男女併《あわ》せて七人だった。加納は出入口に近い止まり木に腰かけ、バーボン・ロックを注文した。ウイスキーはブッカーズを選んだ。

バーテンダーが遠ざかる。加納はラークに火を点けた。半分ほど喫《す》ったとき、斜め後ろから女性に声をかけられた。

「ご一緒させてもらってもかまいません？」

「いいですよ」

加納は振り返った。すぐ背後に二十七、八歳の女性が立っている。飛び切りの美人ではなかったが、色っぽい。ナイスバディだ。ワンナイトラブの相手としては文句ないだろう。

「失礼します」

女がかたわらのスツールに坐った。香水の甘い香りが鼻腔《びこう》をくすぐる。

彼女は少し迷ってから、バーテンダーにマタドールを注文した。テキーラをベースにしたカクテルだ。アルコール度数は十二度と低い。パイナップルジュースとライムジュースをシェイクしてあるからだ。

「この店では見かけない顔だね」

「友達に教えられて、きょう初めて来たんです。あなたは常連なのかしら？」

「月に二、三回は来てる」

「そうですか。ここは、大人のシングルの男女の出会いの場らしいですね。ハントバーと呼ばれてるんですって？」

「らしいね。どんな仕事をしてるのかな？」

加納は訊《き》いた。

「大手の旅行代理店で働いてます。仕事には満足してるんですけど、生活にあまり潤《うるお》いがないんですよ」

「不躾《ぶしつけ》だが、つき合ってる彼は？」

「二年前に別れてしまいました」

会話が途切れた。加納は煙草《たばこ》の火を消した。そのとき、バーボン・ロックが届けられた。

「お先にどうぞ！」

「カクテルが運ばれてきたら、乾杯しよう」

「気を遣《つか》っていただいて、すみません」

女が恐縮した。

少し待つと、マタドールが運ばれてきた。二人は軽くグラスを触《ふ》れ合わせ、ひと口ずつ啜《すす》った。

「こんな場所で名乗るのは野暮なんだが、こっちは加納というんだ」

「わたしは磯村《いそむら》真弓《まゆみ》といいます。加納さんは、ただのサラリーマンじゃない感じですね」

「ちっぽけなデザイン会社をやってるんだ」

加納は話を合わせた。刑事であることを明かしてプラスになることは少ない。

「やっぱり、そうでしたか」

「愉《たの》しく飲もう」

「ええ」

二人はそれぞれグラスを空け、お代わりをした。つまみも新たに頼んだ。

グラスを重ねているうちに、いつしか二人は打ち解《と》けていた。今夜のうちに口説《くど》けそうな気がしてきた。加納は真弓にハイピッチでカクテルを飲ませた。

加納の懐で刑事用携帯電話《ポリスモード》が鳴ったのは、午後九時数分前だった。真弓に断ってから、スツールから滑り降りる。

加納は店の外に出てから、ポリスモードを耳に当てた。発信者は三原刑事部長だった。

「用賀の自宅にいるのかな」

「いいえ、渋谷で飲んでるんですよ。極秘指令ですね？」

加納は確かめた。

「そう。六月十二日の夜、関東テレビ社会部記者が杉並区内で射殺されたんだが、記憶はあるね？」

「ええ。被害者は長瀬健《ながせけん》という名で、確か享年三十五だったと思いますが……」

「その通りだよ。被害者《マルガイ》は帰宅途中、３Ｄプリンターで製造されたプラスチック拳銃で頭部を撃ち抜かれて死んだんだ。凶器の型《タイプ》は、コルト・ディフェンダーだった。現場に遺《のこ》されてた手製拳銃に指掌紋《ししょうもん》は付着してなかった。薬莢《やっきょう》は犯人《ホシ》が持ち去ったと思われる」

「そうなんでしょうね。所轄の杉並署に捜査本部《チョウバ》が立ってから、はや二カ月近くになります」

「そうだな。捜査本部は被害者が亡くなる前まで取材していた対象関係者をとことん調べたんだが、不審な人物は見つからなかったんだよ」

「捜査が甘かったんで、容疑者を網から落としてしまったとは考えられませんか？」

「そういうことはなかったはずだ。射殺された長瀬記者は事件当日まで、ある大学病院の医療事故揉み消しのことを熱心に取材していた。そんなことで組織ぐるみの隠蔽《いんぺい》が疑われたんで、捜査本部は病院関係者をじっくりと調べ上げたんだ」

「ところが、容疑者はいなかったわけですね？」

「そうなんだよ。急な呼び出しだが、すぐに本庁《こっち》に来てほしいんだ。それでは後ほど……」

三原が先に電話を切った。加納は店に戻り、急用ができたことを告げた。真弓は名残惜《なごり》しげだった。

「これで、ゆっくり飲んでくれないか」

加納はカウンターに万札を二枚置き、すぐに店を出た。井ノ頭通りまで大股で歩いて、タクシーで桜田門の警視庁本部庁舎に向かう。

二十数分で、職場に着いた。

本部庁舎は地上十八階で、地下四階まである。二層のペントハウス付きで、屋上はヘリポートになっている。

加納は通用口から庁舎内に入り、中層用エレベーターで十一階に上がった。

十一階には警視総監室のほか公安委員室、副総監室、総務部長室、企画課、人事一課などがある。本部庁舎では約一万人の警察官と職員が働いているが、このフロアに来た者はさほど多くないだろう。

加納は警視総監室に直行し、重厚な扉をノックした。

特に緊張はしていない。五十四歳の立浪警視総監は職員を含めて約二十九万七千人の巨大組織のトップだが、気さくな人物だ。決して偉ぶることはなかった。

警視監という職階を与えられている堂副総監も、尊大な警察官僚ではない。どちらも、真のエリートと言えるのではないか。

加納は一礼して、警視総監室に入った。

正面の窓際には両袖机が据えられ、手前に十人掛けのソファセットが置かれている。コーヒーテーブルの向こう側に、立浪と堂が並んで腰掛けていた。どちらも制服姿だった。肩章が眩《まばゆ》い。

背広姿の三原刑事部長は、手前のソファに腰を沈めている。

「ご苦労さん！　加納君にまた活躍してほしいんだよ。ま、掛けてくれないか」

堂副総監が言った。まだ五十二、三歳のはずだが、髪はロマンスグレイだ。学者を想《おも》わせる容貌である。

加納は三原刑事部長の横のソファに坐った。五十歳の三原は、加納と同じ準キャリアだ。

「指令のアウトラインは刑事部長から聞いてるね」

立浪警視総監が加納に顔を向けてきた。

「はい」

「なら、捜査資料にざっと目を通してもらったほうがいいだろう」

「わかりました」

「刑事部長、これまでの捜査資料を加納君に渡してくれないか」

「承知しました」

三原が警視総監に応じ、薄茶のファイルを差し出した。

加納は受け取ったファイルを膝の上に置き、表紙とフロントページの間に挟まれた鑑識写真の束《たば》を手に取った。

被害者の長瀬健は、天沼《あまぬま》二丁目にある自宅マンションの近くの路上で仰向けに倒れていた。顔半分は血みどろだ。即死状態だったらしく、死顔はそれほど苦しげではなかった。

加納は鑑識写真を見終えると、司法解剖所見の写しを読んだ。

死亡推定時刻は、六月十二日午後十時から二十五分の間とされた。死因は、被弾による脳損傷だ。事件通報者は、事件現場のそばに住む五十六歳の主婦だった。通報者は十時七分ごろに銃声のような音を耳にしたのだが、恐怖と不安で自宅から飛び出せなかった。恐る恐る自宅前の通りに出たのは十時三十分過ぎだった。通報者は何度も被害者に呼びかけたが、まったく反応はなかった。救急隊員が駆けつけたとき、長瀬はすでに息絶えていた。

加納は事件調書を速読した。

捜査本部は社会部記者殺害事件には医療事故の隠蔽《いんぺい》が絡んでいると睨み、病院関係者をマークしつづけた。しかし、疑わしい者は捜査線上に浮かび上がってこなかった。被害者の私生活に乱れはなかった。金銭トラブルや痴情の縺《もつ》れは考えられない。調書には、そう記述されている。

「調書を読んでわかっただろうが、加害者を目撃したという証言はまったく寄せられていない。それから、防犯カメラの映像を分析したんだが、犯人とおぼしき人物は絞り切れなかったんだよ」

「近所の住民が四人も銃声を聞いてますよね。しかし、外に出る勇気はなかったんで

「……」

「結局、誰も犯人《ホシ》を見てないんだ。厄介な事件《ヤマ》かもしれないが、明日から動いてみてくれないか」

「はい」

「この茶封筒には、いつものように当座の捜査費二百万が入ってる。足りなくなったら、すぐに補充するよ。金で情報を買ってもかまわない。加納君、よろしくな」

「捜査費、お預かりします」

加納は、厚みのある茶封筒を引き寄せた。

2

捜査資料ファイルを卓上に置く。

加納は煙草をくわえた。自宅の居間のソファに腰かけていた。朝食を摂《と》り終えてから、改めて事件調書を三回読み返した。

捜査本部の調べに手落ちがあったとは考えたくないが、聞き込みが甘かったのかもしれない。といって、被害者が事件当日まで取材していたという病院関係者を怪しんでいるわけではなかった。

捜査本部の面々は被害者が関東テレビの社会部記者ということで、取材対象者をつい疑ってしまったのではないか。その結果、広く情報を得ることができなかったのだろう。

被害者の長瀬は熱血記者だったようだが、職場の人間関係には何も問題はなかったのだろうか。また、夫婦仲はどうだったのか。

まずは被害者の職場を訪ね、上司や同僚記者に会うべきだろう。その後、長瀬の妻の華澄《かすみ》に接触することにした。

加納は段取りをつけて、喫《す》いさしのラークの火を消した。

そのとき、インターフォンが鳴った。加納はリビングソファから腰を上げ、壁際まで進んだ。まだ午前十一時前だった。来訪者は何かのセールスマンかもしれない。

加納はインターフォンの受話器を取った。

モニターには、旧知の野口恵利香《のぐちえりか》が映っている。三十二歳の恵利香はかつて夕刊紙の記者だったのだが、現在は恐喝で喰《く》っている。凄腕の女強請屋《ゆすりや》だが、根っからの悪人ではない。

恵利香は企業の不正や政財界人の醜聞《スキャンダル》を恐喝材料にしているが、一般の市民を強請《ゆす》ったりはしていなかった。当人は強く否定しているが、せしめた口止め料の大半を知的障害者施設に寄附しているようだ。

彼女の実弟は脳に障害があった。そのことを考えると、義賊めいた側面もあるのだろう。しかし、照れ屋の恵利香はそれを他人に知られたくないにちがいない。

加納は捜一《そういち》の係長時代から何度も恵利香に助けられていた。彼女の裏情報で殺人事件の容疑者を割り出したこともあった。

恵利香は犯罪者だが、加納は捕まえる気はない。警察官としては失格だろうが、加納は法律がすべてとは考えていなかった。人間だから、情《じょう》に流されることもある。

それに、恵利香とは他人ではなかった。去年の十二月に二人は男女の関係になった。といっても、その後は何もない。恵利香は命を救われたことに対して恩義を感じ、加納をモーテルに誘い込んだ。返礼のつもりだったのだろう。

「珍客だな。どうした？」

「ちょっとまずいことになっちゃったの。加納さん、力を貸してくれない？」

「深刻そうな話だな。いま、門を開けるよ」

加納はインターフォンの受話器をフックに戻し、居間から玄関ホールに出た。ポーチに飛び出し、アプローチを進む。

加納は門の扉を開け、恵利香を家に請《しょう》じ入れた。居間のソファに坐らせ、コーヒーを淹《い》れる。

「何をやらかしちゃったんだ？」

「メガバンク系の『ハッピーファイナンス』がね、行方をくらました債務者をやくざに見つけさせてたのよ。負債のある男女を飲食店や風俗店で無理やりに働かせて、金を返済させてたの」

「そっちはそのことを種《ネタ》にして、『ハッピーファイナンス』から口止め料をせしめようとしたんだな？」

「そう。宮脇孝直《みやわきたかなお》って社長に電話をかけて、暴力団との不適切な関係を暴《あば》かれたくなかったら、指定した口座に一千万円を振り込めって命じたのよ」

「それで、宮脇はどんな反応を見せたんだ？」

「桜仁会《おうじんかい》との繋《つな》がりを知られたくないんで、こちらの指示通りに従うと言ったの。でも、お金は振り込んでこなかったわ。わたし、公衆電話を使って宮脇に連絡したの。ボイス・チェンジャーも使ってたのに、わたしのことを突きとめたのよ」

　恵利香が言った。

「逆に脅迫されたんだな？」

「そうなの。桜仁会の野町《のまち》とかいう男がわたしのスマホに電話してきて、施設ごと弟を焼き殺されたくなかったら、金は諦めろと威《おど》しをかけてきたのよ。わたしたち姉弟《きょうだい》の個人情報は調べ上げてるって感じだったわ」

「やくざのネットワークは警察並だからな。いや、それ以上かもしれないぞ」

「ええ、侮《あなど》れないわね。わたしたち姉弟が何かされたわけじゃないけど、なんだか不安になってきたのよ」

「だろうな。『ハッピーファイナンス』の社長にほかに弱みはないのか？」

加納は問いかけた。

「社長の宮脇は五十四歳なんだけど、十九歳の短大生を愛人にしてるの。その娘《こ》は木崎亜《きざきあ》由《ゆ》という名よ」

「『ハッピーファイナンス』の代表番号は、もう削除しちゃったのか？」

「ううん、まだよ」

恵利香がバッグからスマートフォンを取り出す。加納は刑事用携帯電話《ポリスモード》を手に取った。

恵利香が『ハッピーファイナンス』の代表電話番号を告げる。加納は数字キーを押した。

電話交換手が出た。加納は刑事であることを明かし、電話を宮脇社長に回してもらった。

「宮脇ですが、警視庁の方だとか？」

「そうです。知り合いの女性があなたに何かされそうだと怯《おび》えてるんですよ。そこまで言えば、わかるでしょ？」

「さあ、なんのことでしょうか」

「宮脇さん、『ハッピーファイナンス』は街金じゃないんです。債務者を桜仁会に追い込ませるのは、まずいと思うな」

「そ、そんなことはしてませんよ」

「桜仁会の野町という男を本庁《うち》の組対四課に調べさせましょうか。野町が宮脇さんを庇《かば》い通すかどうか見ものだな」

「…………」

「あなたは若い娘《こ》が好きなようだな。木崎亜由という十九歳の短大生を愛人にしてるって話だから。会社の連中やあなたの家族がそのことを知ったら、どんな反応を示すだろうか。ちょっと興味があるな」

「お、おたくはわたしを脅迫してるのか⁉」

「そう受け取ってもらってもかまいませんよ。知り合いの女性はあなたと桜仁会に何かされるんじゃないかと怯えてるんです。だから、こっちも何か切札を出さないとね」

「野町君におかしなことはさせない。その代わり、女強請屋にも譲歩してもらいたいんだ。双方に弱みがあるわけだから、どっちも勝ち目はないでしょ？」

「知り合いの女性にも弱点があることは認める。しかし、あなたが暴力団と繋《つな》がりがあると公にされたら、はるかにイメージダウンになるだろうね。親会社は誰もが知ってるメガバンクなんですから。十九歳の愛人を囲ってることを知ったら、奥さんは離婚したがるでしょうね」

「こちらのほうが不利だと言いたいんだなっ」

「そういうことです。知人女性は私利私欲から、あなたに口止め料を要求したわけじゃないんですよ。彼女は一種の義賊なんです。後ろめたいことをしてる奴らから脅し取った金の大半を知的障害者施設に寄附してる。日本の福祉政策はひどいもんでしょ？　彼女は常々、そのことに憤《いきどお》ってました。要するに、善行のために恐喝を働いてるわけですよ」

「れっきとした犯罪でしょ、それでも」

宮脇が反論した。

「おっしゃる通りだ。それでも、こっちは知り合いの女性を支援してやりたいと考えてるんですよ」

「警察官がそんなことを言うのは問題でしょ？」

「でしょうね。しかし、こっちははぐれ者だから、捨て身で生きてる。怖いものなんかないんですよ」

「わたしにどうしろと言うんです？」

「桜仁会との結びつきや若い愛人のことを公にされたくなかったら、知人女性の指定した口座に一千万円を振り込むんですね」

「あんた、自分が何を言ってるかわかってるのかっ。刑事でありながら、恐喝の共犯者になってるんだぞ」

「そういうことになるね。どう思われてもいいんですよ、こっちは」

「おたくはまともじゃない。狂ってるよ」

「そうなのかもしれない。こっちの言った通りにしないと、あなたと桜仁会の野町は本庁組対四課に任意同行を求められるでしょう」

「そうなったら、おたくのことを洗いざらい喋《しゃべ》ってしまうぞ」

「好きにしてください。警察は身内を庇《かば》う体質なんですよ。何があっても、こっちの味方になってくれるでしょう」

「罰《ばっ》せられるのは、わたしと野町君だけだなんておかしいじゃないかっ」

「理不尽だと思うなら、警察を告発してください。桜仁会の力を借りて債権の取り立てをしてたことが明るみになってもいいならね」

「くそっ。一千万円は必ず振り込む。その代わり、桜仁会の野町君や亜由のことは誰にも話さないでほしいんだ。約束してくれるね？」

「いいでしょう。できるだけ早く一千万円を知人女性の口座に振り込んでやってください」

加納は通話を切り上げた。恵利香が目を剝《む》いた。

「危《ヤバ》いんじゃない？　加納さんは悪事の片棒を担《かつ》いだのよ。わかってるの？」

「もちろん、自覚してるさ。成り行きで『ハッピーファイナンス』の社長を強請《ゆす》ることになっちまったんだ」

「なぜなの？」

「自分でもよくわからない。そっちにいいとこを見せたかったのかもしれないな。まんざら他人じゃない女に頼まれごとをされたんだから、少しはカッコつけたいじゃないか」

「また、加納さんに借りをこしらえちゃったわね」

恵利香が呟《つぶや》いた。

「そっちは、他人《ひと》に借りを作るのが嫌いな性分《しょうぶん》だったな」

「ええ」

「だったら、去年の暮れみたいに借りを体で返してもらうか」

加納は際《きわ》どい冗談を口にした。

「いいわよ。一度っきりじゃ、愛想がなさすぎるものね」

「冗談だって」

「シャワーを借りるわ」

恵利香が浴室のある場所を問い、ソファから立ち上がった。

「無理すんなって」

「急に女嫌いになったわけじゃないんでしょ？」

「もちろんさ」

「だったら、わたしを抱いてちょうだい。でも、二、三度寝たからって、彼氏面《づら》なんかしないでよね」

「わかってるよ」

加納はラークをくわえた。冗談半分に誘ってみたのだが、もちろん下心がまったくないわけではなかった。何か拾い物をしたような気持ちだった。恵利香が浴室に足を向ける。

加納は一服してから、浴室に向かった。脱衣室の内錠は掛かっていなかった。加納は手早く全裸になり、無言で浴室のガラス戸を開けた。

白い泡に塗《まみ》れた恵利香は一瞬、裸身を強張《こわば》らせた。

「ノックをするのがマナーでしょ？」

「そうだったな」

加納は洗い場に降り、恵利香を抱き寄せた。ぬめりを帯びた柔肌は火照《ほて》っている。二人は鳥のように唇をついばみ合ってから、舌を絡《から》めた。

加納は濃厚なキスを交わしながら、恵利香の乳房を揉んだ。恵利香も加納の体を愛撫しはじめた。

加納は頃合を計ってから、恵利香の恥丘に手を這《は》わせた。ボディーソープに塗れた秘めやかな部分は、どこも滑らかだった。敏感な突起は軽く触《ふ》れただけで、たちまち尖《とが》った。

指の腹で肉の芽を圧《お》し転がしていると、不意に恵利香は極《きわ》みに駆け上がった。悦《よろこ》びの声を発しながら、体をリズミカルに硬直させた。指の愛撫だけでエクスタシーに達したのは、久しく男に触れていなかったからだろう。

「なんだか恥ずかしいわ」

恵利香が加納の耳許で囁《ささや》き、掌《てのひら》にボディーソープをたっぷりと垂らした。泡立ててから、加納の下腹部に塗り拡《ひろ》げる。

二人は体を密着させて海藻のように揺れ動いた。

加納の体はたちまち反応した。恵利香が猛《たけ》ったペニスを刺激しはじめる。加納も陰核《クリトリス》や小陰唇を愛撫しつづけた。

やがて、二人はシャワーで泡を洗い落とした。バスタオルで体を拭《ぬぐ》うと、加納は恵利香を寝室に導いた。ベッドはセミダブルだった。加納は恵利香を仰向けにし、優しく胸を重ねた。弾む乳房が心地よい。

二人はくちづけを交わしながら、体を愛撫し合った。恵利香の芯《しん》は、すぐに潤んだ。

加納は愛液を二枚の花弁や敏感な突起に塗り拡げてから、フィンガー・テクニックを駆《く》使《し》しはじめた。潜《くぐ》らせた中指で天井のGスポットを圧迫しつづけると、粒状に盛り上がった。

その部分を削《そ》ぐように擦《こす》りつつ、クリトリスを慈《いつく》しむ。いくらも経《た》たないうちに、恵利香は頂《いただき》に達した。悦楽のスキャットは妖《あや》しかった。

加納は恵利香の胸の波動が凪《な》いでから、口唇愛撫を施《ほどこ》しはじめた。二人はごく自然にシックスナインの姿勢に移った。

恵利香は舌と唇で男の性感帯を的確に煽《あお》ってくる。それでいて、過去の男たちの影は感じさせない。二人はオーラル・セックスを堪能《たんのう》してから、体を繋《つな》いだ。正常位だった。幾度か体位《ラーゲ》を替え、仕上げは正常位に戻った。

加納と恵利香はリズムを合わせながら、ゴールに向かった。二人は、ほとんど同時にゴールインした。

加納の射精感は鋭かった。ほんの一瞬だったが、脳天が白濁した。思わず声も出た。

恵利香の内奥《ないおう》は加納の昂《たか》まりを締めつけたまま、快感の脈打ちをはっきりと伝えてくる。まるで鼓動だ。

「また、こういうことになっちゃったけど、わたしを彼女だなんて思わないでね」

「わかってるって」

「どうしてわたしは、かわいげがないのかな」

「それでも、いい女だよ」

加納は胸を重ね、余韻《よいん》を全身で汲《く》み取りはじめた。

3

出前のピザを頬張りはじめる。

加納は、コーヒーテーブルを挟んで恵利香と向かい合っていた。午後一時過ぎだった。

どちらも、すでにシャワーを浴び終えていた。

加納は空腹感を覚えていなかったが、来客のためにピザとコーラを出前してもらったのだ。

「『ハッピーファイナンス』から一千万円振り込まれたら、加納さんに二百か三百渡さなければね」

「おい、おい！　おれは現職の警察官だぜ。いくらなんでも、分け前を受け取るわけにはいかないよ」

「でも……」

「貸しは、さっき返してもらった。それで、充分さ。宮脇が口止め料を振り込まなかったら、もっととっちめてやるよ」

「準キャリアのくせに、悪党《ワル》なんだから。正義漢ぶってる警官よりも、はみ出し刑事のほうがましだけどね」

「そうかい」

「話は飛ぶけど、加納さん、そろそろ白状したら？」

「白状しろって、何のことだい？」

「空とぼけちゃって。一年八カ月前に三カ月の停職処分になってから、何か極秘捜査をしてるんでしょ？」

「いや、捜一《そういち》の助っ人要員として一係から九係の支援捜査をやらされてるんだよ」

「そうだったの。てっきり上層部直属の極秘捜査官に任命されたと思ってたけど、そうじゃなかったのね」

恵利香が言った。

加納は無言でうなずいた。信用できる相手だったが、警視総監直属の捜査官であることを明かすわけにはいかない。

「それで、いまはどんな事件の支援捜査をしてるの？」

「口止めされてるんだが、そっちだから喋っちゃうよ。実は、きょうから社会部記者殺しの捜査に加わることになってるんだ」

「六月十二日の夜にプラスチック拳銃で撃ち殺された関東テレビの長瀬健さんの事件《ヤマ》ね」

「そう。そっちは被害者と面識があったのか？」

「個人的なつき合いはなかったけど、何度か立ち話をしたことはあるわ。長瀬さんは典型的な熱血記者で、正義感が強かったわね」

「そうだったらしいな。捜査本部は、まだ容疑者の絞り込みもできてないんだ」

「そうなの。何か手伝えることがあったら、いつでも遠慮なく声をかけて。さて、そろそろお暇《いとま》するわ。すっかり長居しちゃったわね。加納さん、いろいろありがとう」

恵利香がソファから立ち上がった。

加納は引き留《と》めなかった。自分も関東テレビに行かなければならない。

恵利香が辞去すると、加納は外出の支度をした。寝室の奥のスチール製ロッカーに歩み寄り、グロック32を取り出す。オーストリア製のコンパクトピストルだが、複列式のマガジンには十五発の実包が装塡《そうてん》されている。特別に貸与されているハンドガンだ。

一般の警察官はＳ＆Ｗ《スミスウエッソン》のＭ360Ｊ、シグ・ザウエルＰ230ＪＰなどを使っている。公安刑事や女性警察官は小型拳銃を携行《けいこう》することが多い。Ｍ360Ｊは、通称サクラだ。

スチール製ロッカーの棚《たな》には、革のショルダーホルスターとインサイドホルスターの二種類が入っていた。通常、春から秋まではインサイドホルスターを用《もち》いる。薄手の上着では、ショルダーホルスターを着用していることがわかってしまうからだ。

加納は腰のベルトを緩《ゆる》め、インサイドホルスターの留具《とめぐ》を掛けた。ホルスターはスラックスの内側に収まり、外からは見えない。

加納はインサイドホルスターにオーストリア製の拳銃を入れ、ベルトを締め直した。長袖シャツの胴周りに弛《たる》みを持たせ、ホルスター上部をすっぽりと覆い隠す。そうしておけば、上着を脱いでも拳銃を携行していることを覚《さと》られる心配はない。

加納は戸締まりをすると、玄関を出た。庭の芝を踏み、カーポートに近づく。マイカーのボルボＳ60と特別仕様の覆面パトカーのランドローバーが並んでいる。

加納はランドローバーに乗り込んだ。グローブボックスの中に手錠と特殊警棒が入っていることを真っ先に確認し、ダッシュボードのパネルを手前に引く。

警察無線が露《あらわ》になった。いつも通りに機能している。車には無線アンテナが装備されているが、民間人に覆面パトカーと見破られたことは一度もない。

車検証の名義は、加納の個人名になっていた。もちろん、民間ナンバーだ。警察車輌のナンバープレートには、たいてい数字の頭にさ行かな行のいずれかの平仮名が冠されている。

加納は遠隔操作器でカーポートのシャッターを開け、ランドローバーのアクセルを踏み込んだ。近くの玉川《たまがわ》通りをめざす。

関東テレビは港区赤坂にある。目的のテレビ局に着いたのは、およそ三十分後だった。

加納はランドローバーを地下駐車場に置き、一階の受付ロビーに上がった。受付嬢に警察手帳を呈示《ていじ》し、社会部長及びデスクとの面会を求める。

捜査資料によると、社会部長は下坂大輔《しもさかだいすけ》という名だ。四十八歳のはずである。稲《いな》葉《ば》昇平《しょうへい》デスクは四十二歳だったか。

受付嬢は内線電話で下坂社会部長と短い遣《や》り取《と》りを交わし、受話器をフックに戻した。

「下坂と稲葉の二人は、すぐ一階ロビーに下りてまいります。少々、お待ちいただけますか」

「わかりました」

　加納は受付嬢に目礼し、応接コーナーのソファに腰かけた。エレベーターホールの近くだった。

　数分待つと、二人の男がエレベーターから出てきた。下坂と稲葉だった。名乗り合うと、三人はソファに坐った。社会部長とデスクは並んで腰かけた。

「再聞き込みに協力していただきまして、ありがとうございます」

　加納は下坂に顔を向けた。

「捜査は難航してるようですね。杉並署に捜査本部が設置されてから、もう二カ月近く経《た》ちました。早く加害者が逮捕されることを祈りたいですね」

「ベストを尽くします。初動と第一期捜査では、医療事故を隠蔽した大学病院が長瀬記者の事件に深く関わっているという見方をしたようですが、医療関係者に容疑者はいませんでした」

「関東テレビも長瀬の事件を総動員で調べてみたんですが、問題の大学病院は射殺事件には関わってないとわかりました」

「ほかに気になる取材対象者はいませんでしたか。稲葉さん、そのあたりはどうなんでしょう？」

「殺された長瀬は医療事故揉み消しの疑惑を取材する前、産廃ブローカーの暗躍ぶりを調べてたんです。そのブローカーは毒性の強い工場廃液をダムの上流に捨て、闇で中絶された胎児たちを下水道に流してたんですよ。もちろん、そのブローカーは裏社会の人間です。長瀬は、その男の周辺をしつこく取材してました」

「そうですか」

「ですので、わたしは産廃ブローカーが長瀬の口を封じたのかもしれないと推測し、部下たちによく調べさせてみたんですよ。しかし、心証はシロでした」

「ほかに気になる取材対象者は？」

「特にいませんね」

稲葉が首を振った。

「被害者が職場で誰かと揉めてたなんてこともなかったんでしょう？」

「ええ。長瀬は好人物でしたので、誰からも好かれてました」

「事件調書にも、そう記述されてましたよ。ご夫婦仲もよかったんでしょうね？」

「夫婦はまだ子供ができなかったせいか、まるで新婚カップルのように熱々でしたよ」

「奥さんの華澄《かすみ》さんは独身のころ、お天気キャスターとして関東テレビに出演してたようですね」

「そうなんですよ。そんなことで、奥さんは長瀬が仕事熱心であることを誇りに思ってたはずです。夫がタブーとされてるテーマで取材しててもビビる様子はなかったし、最高の理解者だったと思いますよ。華澄さんには、もうお会いになりました？」

「いいえ、まだです。この後、杉並の長瀬さん宅を訪ねるつもりです」

「そうですか」

会話が中断する。加納は下坂に顔を向けた。

「長瀬さんはスクープを狙って上司や同僚記者を出し抜いたことがありました？」

「そういうことは一度もなかったですね。長瀬は敏腕記者でしたが、功名心なんかありませんでした。チームワークを乱したことはなかったな。しかし、好奇心の塊《かたまり》みたいな男でしたので、会社の仕事以外にも関心を寄せてたことはあるでしょうね」

「個人的な関心事に首を突っ込みすぎたんで、命を落としてしまったなんてことは考えられませんか？」

「考えられなくはないと思いますよ、それがなんだったのかはわかりませんが。奥さんなら、そのあたりのことを知ってるかもしれませんね」

「ええ。貴重なお時間を割《さ》いていただいて、ありがとうございました」

加納は下坂と稲葉に謝意を表し、ソファから立ち上がった。地下駐車場に下《くだ》り、ランドローバーに乗り込む。

加納は特別仕様の捜査車輛を発進させ、被害者宅に向かった。目的の分譲マンションを探し当てたのは午後三時過ぎだった。

加納はマンションの近くの路上にランドローバーを駐《と》め、集合インターフォンに近づいた。長瀬宅は八〇八号室だ。

テンキーを押すと、スピーカーから女性の声で応答があった。

「どなたでしょう?」

「警視庁の加納と申します。ご主人の事件を担当している捜査本部の支援捜査員です。再聞き込みをさせてもらえると、ありがたいのですが……」

「全面的に協力させてもらいます。いま、一階のオートロックを解除しますので、そのまま八階にお上がりになってください。申し遅れましたが、長瀬華澄です」

「それではお宅に伺《うかが》います」

加納はエントランスロビーに足を踏み入れ、エレベーターで八階に上がった。八〇八号室のドアフォンを鳴らしかけたとき、象牙色のドアが押し開けられた。

応接に現われた華澄は灰色のブラウスを着て、黒いスカートを穿《は》いている。知的な容貌だった。

加納は警察手帳を見せた。

「どうぞお入りください」

華澄がスリッパを並べた。加納は玄関先で聞き込みをさせてもらうつもりでいたが、被害者の遺骨がまだ自宅マンションに安置されていると聞き、線香を手向《たむ》けさせてもらうことにした。

間取りは２ＬＤＫだった。

遺影と骨箱は、リビングルームの左手にある八畳の和室に置かれていた。白布が掛かった小さな台の上に載《の》っている。

「夫の両親は四十九日に納骨したかったようですけど、犯人が捕まるまでは遺骨のそばにいてやりたかったんです。それで、わたしが無理を言って……」

華澄が言いながら、遺影の前に座蒲団を置いた。

加納は遺影と向き合って、線香を手向けた。遺影は笑っていた。まだ若々しい。故人の無念が伝わってくる。

「残念でしたね。後《おく》れ馳《ば》せながら、お悔やみ申し上げます」

「ご丁寧に……。お話は居間でしましょうか」

華澄が和室を出て、リビングに移った。加納は後に従い、コーヒーテーブルを挟んで被害者の妻と向かい合った。

「ご主人は休日を利用して、何か個人的に調べたりしてませんでした？」

「実は警察の方たちにはいままで黙っていたのですが、夫は一年ほど前まで関東テレビで報道番組のアシスタント・ディレクター《AD》を務めていた小野寺春奈《おのでらはるな》さんの行方を個人的に追っていたんですよ」

「もう少し詳しく話していただけますか」

「わかりました。小野寺さんは関東テレビの局員ではなく、番組制作会社のADだったんです。その会社が『ニュースオムニバス』という番組の制作を請け負ってるんですよ。彼女は社会部記者志望だったので、長瀬を兄のように慕《した》ってました」

「なぜADを辞めることになったんです？」

「小野寺春奈さんは別れた彼氏に全裸の映像をインターネット上に流されたため、番組制作会社を退職したんです。恥ずかしい映像をネットにアップされたら、もう真っ当な仕事には就《つ》けないと短絡的になってしまったようです。小野寺さんは、復讐《リベンジ》ポルノの犠牲者ですよね」

「ええ。かつての交際相手の淫《みだ》らな動画を復讐サイトに投稿してる陰湿な若い男が増えて、その種のサイトはアクセス数が多いらしいですよ」

「わたしも、そう聞いています。小野寺さんは多くの不特定多数の男性に自分の恥ずかしい映像を観《み》られてしまったと思い込み、まともな会社では働けないと悲観的になってしまったようです。交際していた相手は書類送検されただけで、勤め先のＩＴ企業も辞めずに済んだらしいんですよ」

「それで？」

「いつまでも遊んでいるわけにもいかないので、小野寺春奈さんはデリバリーヘルス嬢になったらしいんです。派遣クラブの経営者はデリヘル嬢に本番は禁じていると言ったらしいのですが、小野寺さんは体を売ってたんでしょうね」

「そう考えてもいいと思います」

「夫は自暴自棄になっている小野寺さんを力づけ、関東テレビの系列の番組制作会社に入れようとしたんです。でも、彼女は応募しませんでした。夫は根気強く小野寺春奈さんを説得して、テレビ業界で仕事をさせたかったようです。テレビ向けの発想ができるので、将来有望だと見てたんでしょう」

「そうなんでしょうね」

「でも、小野寺さんには夫の期待が重かったんだろうと思います。うっとうしく感じていたのか、小野寺さんは急に所属してた『ブルーローズ』というデリヘル嬢派遣クラブを辞めて、板橋の実家から飛び出しちゃったんです」

「長瀬さんは、ある種の責任を感じてしまったんでしょうね」

「ええ、そうなんですよ。夫は休日になると都内の風俗店を訪ね歩いて、小野寺さんに関する情報を集めていました」

「小野寺春奈さんの居所はわかったんですか？」

「東北の被災地で小野寺さんがデリヘル嬢をやってるという情報をキャッチしたんです」

「八年前に起こった東日本大震災の復旧・復興工事が開始されて、全国から何万人という作業員が岩手、宮城、福島などに集まった。そんな男たちを目当てにして、東京のキャバクラ嬢や風俗嬢たちが東北に流れました。いまも復旧・復興工事中です。小野寺春奈さんも被災地でがっぽり稼ぐ気になって、東京を離れたんだろうな」

「そうなんだと思います。そんなことで、夫は休日を利用して東北三県に出かけるようになったんです。そして、小野寺さんが仙台周辺にいるという情報を摑んで、せっせと宮城に通うようになりました」

「それは、いつごろからなんです？」

「三カ月ほど前からですね」

華澄が答えた。

「ご主人は、小野寺春奈さんを捜し出すことができたんでしょうか？」

「所属している新しいデリヘル嬢派遣クラブは割り出せたようで、小野寺さんとは接触できたという話でしたね。ですけど、小野寺さんは自分のやり方で人生をリセットする気でいるから、ご意見は無用だとはっきりと言ったそうです」

「そうですか」

「夫は時間をかけて小野寺さんを説得すると言っていたのですけど、その前に……」

「何かと目をかけていた小野寺さんがご主人のことを疎《うとま》しく感じたとしても、殺害するなんてことはまず考えられませんよね」

「それは、百パーセントないでしょう」

「売春ビジネスには、必ずその筋《すじ》の人間が何らかの形で関与してる。ご主人は小野寺さんからデリヘル嬢たちが搾取《さくしゅ》されている実態を教えられて、それを取材する気でいたんだろうか」

「それだから、夫は射殺されることになったのかしら？　社会部の取材対象者の中に夫を殺害した犯人がいるような気がしていたのですけど、そうではないのかもしれませんね。小野寺春奈さんの居所がわかれば、何か手がかりが摑めるんではありません？　わたし、明日にでも、板橋区志村《しむら》一丁目にある小野寺さんの実家に行ってみます」

「奥さんは下手に動かないほうがいいでしょう。ご主人は命を奪われたんです。あなたが小野寺さんの実家の周辺を回ってたら、危険な目に遭《あ》うかもしれません」

「そうでしょうか」

「後のことは警察に任せてください。ご協力に感謝します」

加納は腰を上げ、玄関ホールに足を向けた。八〇八号室を出て、一階のエントランスロビーに降りる。

加納はランドローバーに乗り込み、板橋区志村一丁目に向かった。小野寺春奈の実家を探し当てたのは、およそ四十分後だった。

春奈の母親は、庭で洗濯物を取り込んでいた。五十代後半で、典子《のりこ》という名だった。

加納は庭先で素姓を明かし、元ＡＤの居場所を訊いた。

「春奈は一度だけ実家に電話をしてきて、仙台で働いてると言ったんですよ。ですけど、住所は頑《かたくな》に教えてくれませんでした」

「そうですか」

「春奈は交際相手とうまくいっているとき、自分の全裸の映像を撮影させてしまったの。まさか別れてから、昔の彼氏に裸の映像をネットに晒《さら》されるとは夢にも思ってなかったでしょう」

「でしょうね」

「娘の春奈にも警戒心がなさすぎたけど、奥平和大《おくだいらかずひろ》って男は卑劣《ひれつ》ですよ。娘が別れ話を切り出したからって、素っ裸の映像をインターネットに流したんですから。仕返しのやり方が汚すぎるわ。刑事さん、そうは思いませんか？」

「確かにフェアじゃないですね。こちらの得た情報によりますと、奥平は書類送検されただけで済み、現在も同じＩＴ企業で働いてるそうですね」

「ええ、そうなんですよ。わたしの娘は別に悪いことをしたわけじゃないのに奥平に貶《おとし》められ、転職せざるを得ませんでした。奥平の厭がらせのせいで、春奈は人生を台なしにされたんです。娘に代わって奥平を八つ裂きにしてやりたい気持ちだわ」

「お怒りはよくわかります。お母さん、娘さんの顔写真を一枚お借りできませんか？」

「少しお待ちになってくださいね。いま、アルバムから春奈の写真を剝《は》がしてきますので……」

　小野寺典子は縁側から家の中に入り、ほどなく奥に消えた。

　加納は強烈な西陽《にしび》を手で遮《さえぎ》って、花壇に形よく植え込まれた夏の花々を愛《め》ではじめた。ひと通り眺め終えたとき、春奈の母親が庭に降りてきた。

「これが娘の写真です。ほぼ実物通りに写ってますよ」

「お借りします」

加納は、差し出されたカラー写真を受け取った。驚きの声をあげそうになった。なんと印画紙の中には前夜、渋谷で庇ってあげた女が写っているではないか。

「刑事さん、早く娘の居所を突きとめてくださいね」

春奈の母が深々と頭を下げた。加納は相手の顔を上げさせ、小野寺宅の庭を出た。

4

ネオンの海だった。

仙台市青葉《あおば》区の国分町《こくぶんちょう》だ。東北随一の歓楽街である。

加納は近くのホテルにチェックインし、夜の盛り場を歩いていた。小野寺春奈の実家を辞去し、ランドローバーを駆って宮城県入りしたのだ。九時を回っている。

「キャバクラ、いかがですか?」

客引きの若い男がにこやかに近づいてきた。

「今度、つき合うよ。実は、半年ぐらい前に東京から流れてきたデリヘル嬢を捜してるんだ」

「そういう娘《こ》はたくさんいるからね。東北の被災地の復旧・復興工事が本格化すると、全国から土木作業員やがれき処理作業員がどっとこっちに流れてきたでしょ？」

「そうだったな。そうした連中を目当てにして、キャバクラ嬢や風俗嬢が首都圏から東北に移動した」

「そうなんだよね。実は、おれも上野でキャバクラの客引きをやってたんだ。でも、こっちのほうが稼げるって話を聞いて、三年前に仙台に移ってきたってわけ」

「それで、言葉に東北訛《なまり》がなかったのか」

「おれ、千葉の船橋《ふなばし》育ちなんですよ。それはそうと、噂は本当でした。復旧工事に携わってる連中は夜ごと派手に遊んでた。宮城県内で働いてる作業員だけじゃなく、福島の原発廃炉作業員たちも札束を懐に突っ込んで国分町まで遊びに来てる。デリヘル嬢をホテルに呼ぶ男たちは多いですね。だから、ヘルスの娘《こ》も大勢いるんですよ」

「だろうな」

「おたくが捜してるデリヘル嬢の源氏名《げんじな》はなんて言うの？」

「源氏名はわからないんだが、本名は小野寺春奈だよ。二十五、六歳で、テレビの制作会社の元ＡＤなんだ」

「その娘《こ》が登録してるかどうかわからないけど、虎屋《とらや》横丁の雑居ビルの中に東京で働いてたデリヘル嬢ばかりを派遣してるクラブがあるよ。『ナイトエンジェル』って派遣クラブで、佐々木《ささき》ビルの三階に事務所があるんだ。そこには店長と電話番がいるだけで、デリヘル嬢たちは近くのマンションの一室で待機してるわけ。そこに行ってみたら?」

「これで煙草でも買ってよ」

加納は、客引きの男に万札を握らせた。

「なんか悪いな。いいのかな?」

「取っといてくれ」

「じゃあ、貰っときます。気が向いたら、『シャネルクイーン』ってキャバクラにも寄ってくださいよ」

男が相好《そうごう》をくずした。

加納は軽く手を挙げ、大股で歩きだした。虎屋横丁に入って二百メートルあまり歩くと、左手に佐々木ビルが見えてきた。一階はドラッグストアになっている。

加納はエレベーターで三階に上がった。

『ナイトエンジェル』は、エレベーターホールのそばにあった。ドアに近づくと、男の怒声が響いてきた。

「おめ、仙台のやくざさ、なめてるべ」

「そんなことありませんよ」

「ふざけんでね。国分町一帯は奥州《おうしゆう》連合会の縄張《シマ》りだど。そげんことも知らんかったとは言わせん」

「そのことはわかってましたよ。しかし、デリバリーヘルス業は合法ビジネスなんですんで、地元の組織にいちいち挨拶をする必要はないと思ったんで……」

「合法ビジネスだと？　よく言うわ。デリヘル嬢に本番やらせてることはわかってるど。観念しろ。奥州連合会に挨拶なしで管理売春《マメノシル》で荒稼ぎしてるんだべ？」

「当クラブは本番は固く禁じてます」

「嘘こけ！　来月から収益《アガリ》の一割を奥州連合会に納めないと、商売《ビジネス》をできなくするど」

「いま一一〇番しますんで、警察を入れて話し合いをしましょうよ」

「おめ、死にてえのけ？」

「乱暴なことはやめてください」

「やかましい！」

二人の男が揉み合う気配が伝わってきた。

加納は勝手に『ナイトエンジェル』のドアを開けた。丸坊主の三十代後半の男が、四十年配の男の首を両手でぐいぐいと絞め上げていた。

「おめ、誰だ？」

丸刈りの男が加納に鋭い目を向けてきた。

「そっちは、地元のやくざだな？」

「ああ、奥州連合会及川《おいかわ》組の阿部《あべ》だ。おめは『ナイトエンジェル』の用心棒《ケツモチ》だべ？」

「外れだ。おれは警視庁の者だよ」

「刑事なら、手帳《チョウメン》見せるべし！」

「いいだろう」

加納は上着の内ポケットから警察手帳を摑み出し、身分証明書を見せた。阿部と名乗った男が『ナイトエンジェル』の店長らしい人物から離れ、愛想笑いを浮かべた。

「二人の会話は通路まで聞こえた。そっちの言動は脅迫罪に当たるな」

「旦那、勘弁してくらっしょ。近ごろは堅気の奴らがデリヘル嬢派遣でおいしい思いをしてるんで、組のシノギがきつくなってるんだわ。わかってけろ」

「この事務所のカスリを取らないと約束すれば、このまま帰してやってもいい」

「ありがたいことでがんす」

「早く消えてくれ」

加納は言った。阿部がそそくさと事務所から出ていった。

「おたくは『ナイトエンジェル』の店長だね？」

「はい。小森《こもり》、小森諭《さとし》という者です。刑事さん、当クラブはデリヘル嬢たちに本当に本番はやらせてません」

「そんなことは、どうでもいいんだ。こっちは人捜しをしてるんだよ」

「そうだったんですか」

「源氏名はわからないんだが、このクラブに小野寺春奈という二十六歳の女性が登録してない？」

「当クラブは二十五歳以下の女の子を揃えて、若さを売りにしてるんですよ。仙台周辺でデリヘルをやってるとしたら、その彼女は『貴婦人の館』に登録してるんじゃないのかな」

小森が言った。

「その『貴婦人の館』の事務所は、この近くにあるのか？」

「ええ。通りは違いますけど、二百メートルも離れてません。当クラブとは違って、熟《う》れたデリヘル嬢を仙台湾南部海岸の防潮堤工事に従事してる作業員たちに派遣してるんですよ。濃厚なサービスをしてるんで、だいぶ繁昌してるようです」

「そう」

「確か『貴婦人の館』のホームページには、登録してる娘《こ》たちの顔写真が載ってたはずですよ」

「後でホームページを覗いてみよう。さっきの阿部って男がまた押しかけて金品を要求するようだったら、すぐ警察を呼んだほうがいい」

「ええ、そうします」

「邪魔したな」

加納は事務所を出ると、チェックインしたホテルに戻った。

部屋に入り、ノートパソコンを開く。加納は『貴婦人の館』のホームページにアクセスして、登録デリヘル嬢たちの顔写真をチェックした。しかし、小野寺春奈の写真は掲《かか》げられていなかった。

小野寺春奈は、どこの派遣クラブに登録しているのか。加納は仙台周辺に事務所を置くデリヘル嬢派遣クラブのすべてのホームページを開いてみた。

その結果、小野寺春奈が所属している派遣クラブがわかった。『シャイニングスター』という派遣クラブで、春奈は美咲《みさき》という源氏名で働いていた。

加納は、すぐ『シャイニングスター』に電話をかけた。店長らしい男が受話器を取った。

「お電話、ありがとうございます。ご指名の女性は？」

「美咲さんを呼びたいんだが……」

「ご指定の場所は仙台市内でしょうか？」

「国分町二丁目のホテルに宿泊予定なんだ。九十分コースで娯《たの》しみたいんだが、美咲さんはもう指名が入っちゃったかな」

「いいえ、待機中です。お客さまのお名前とホテル名を教えていただけますか？」

「わかりました」

加納は、相手の質問に正直に答えた。

「二十分以内には、美咲さんがお部屋に伺います。コース料金は前払いになっていますので、よろしくお願いします。オプションについては、個々に交渉していただけますでしょうか」

「そうしよう」

「それでは、お部屋でお待ちになっててください」

相手が電話を切った。

加納は刑事用携帯電話《ポリスモード》を懐に戻して、ベッドの横にあるソファに腰かけた。数秒後、私物のスマートフォンが着信音を発した。

電話をかけてきたのは、女強請屋の野口恵利香だった。

「関東テレビの長瀬記者のことなんだけど、数カ月前から個人的に仙台に出かけてたって話を小耳に挟んだんだけど、何か思い当たる？」

「思い当たることはあるよ。長瀬健は一年ぐらい前まで関東テレビでADをやってた女の行方を追ってたようなんだ」

加納は、差し障《さわ》りのない範囲で恵利香に経過を語った。

「デリヘルの仕事で稼いでる小野寺春奈って元ADは、派遣クラブに搾取《さくしゅ》されてたんじゃない？　そのことを長瀬記者に訴えたんじゃないのかな。正義感の強い長瀬さんは派遣クラブのオーナーを詰《なじ》ったとは考えられないかしら」

「それで、殺害されてしまった？」

「ええ、もしかしたらね」

「その程度のことで、テレビ局の社会部記者を殺したりしないと思うがな」

「そうか、そうでしょうね。長瀬さんは小野寺春奈から信じられないような話を聞いて、単独取材をしてたんじゃないのかな」

「どんなことが考えられる？」

「小野寺春奈が所属するデリヘル嬢派遣クラブは、東北被災地の復旧作業に従事してる労働者に性的なサービスをしてるのよね？」

「そうなんだろう」

「復旧・復興事業にまつわる各種の不正がマスコミで報じられたけど、原発廃炉作業員がいまも八千五百人ぐらい福島で働いてるようだけど、労働力不足なんじゃない？　それで、元請け業者は第四次・五次の下請けにおいしい話をちらつかせて、強引な方法で人手を確保してるんじゃないのかな。あるいは、作業員の被曝線量を実際よりも低いと偽って、作業員を確保してるんじゃない？　そんな話を長瀬さんは小野寺春奈から聞いて、その裏付けを取ったら、関東テレビで流すつもりでいたんじゃないかしら」

「そっちは、長瀬記者は小野寺春奈から驚くような話を聞かされたことで命を狙われたんじゃないかと考えてるんだな」

「ええ。根拠があるわけではないんだけど、わたし、そんな気がしたのよ」

「そっちの勘は割に当たるから、頭のメモリーに残しておこう」

「わたしも、それとなく情報を集めてみるわ。それじゃね」

　恵利香が通話を切り上げた。

　加納はスマートフォンを上着の内ポケットに収め、ラークに火を点けた。ゆったりと一服する。煙草の火を揉み消していると、部屋のドアがノックされた。

加納はソファから立ち上がって、ドアの前まで進んだ。

「どなた？」

「『シャイニングスター』の美咲です。ご指名、ありがとうございます」

「いま、ドアを開けるよ」

「お願いします」

相手が沈黙した。

加納は手早くドアを開け、来訪者を室内に招き入れた。小野寺春奈本人だった。

「九十分コースを選ばれたそうですが、オプションはどうなさいますか？　一万五千円プラスしていただければ、いわゆる本番も……」

「きみを部屋に呼んだのは、性的なサービスを受けたかったからじゃないんだ。おれの顔に見覚えはないか？」

加納は穏《おだ》やかに問いかけた。

「あっ、あなたは昨夜《ゆうべ》、渋谷でわたしを逃がしてくれた……」

「憶《おぼ》えてたな。実は、きみを捜してたんだ」

「どういうことなんでしょう？」

「おれは加納という名で、フリージャーナリストなんだ。実はね、六月十二日に射殺された関東テレビの長瀬健記者の事件を調べてるんだよ」

「そうだったんですか」

「きみの本名が小野寺春奈で、一年前まで関東テレビの『ニュースオムニバス』のADをやってたこともわかってる。九十分コースの料金をちゃんと払うから、こっちの質問に答えてくれないか。きみに迷惑はかけないよ。協力してくれるね？」

「は、はい」

　春奈がうなずいた。加納は春奈を先にソファに坐らせ、ベッドに腰を落とした。

「きみは奥平という彼氏と別れた後、裸の映像をインターネットの投稿サイトに流されてしまったんで、番組制作会社を辞めざるを得なくなったんだね？」

「わたしが軽率だったんです。彼との関係が良好なころにオールヌードを撮影させてくれと哀願されて、ついオーケーしちゃったんですよ。そのうち削除するという言葉を信じてしまったわけですけど、あの男はずっと映像を保存してたんです」

「約束違反だな」

「そうですね。よりを戻せないとわかると彼は、卑怯にもわたしの恥ずかしい映像をネットに流したんです。制作会社の同僚にそのことを教えられたんですが、学生時代の友人も何人か全裸の映像を観《み》てました。恥ずかしくて死にたくなりました」

「だろうね」

「セックスシーンをインターネットに流されたわけではありませんけど、自分の人生はもう終わったと感じました」

「そんなふうに思い詰めることはないんじゃないかな。恥ずかしい思いをさせられたわけだが、きみ自身に非はないんだ」

「他人事《ひとごと》だから、そんなことが言えるんです。わたしは素っ裸を何十万人という人たちに覗かれたかもしれないんですよっ」

「ひどく傷ついただろうね。下手な慰《なぐさ》めは不愉快だろうな。ごめん！」

「もういいんです。尊敬してた長瀬さんも、あなたと同じことを言いました。優しく労《いたわ》ってくれたことには感謝しましたけど、もう真っ当な生き方はできないと覚悟したんです」

「そう思うのは少し短絡的ではないだろうか」

「ええ、そうかもしれませんね。でも、わたし、びくつきながら生きたくなかったんですよ。それで、デリバリーヘルスの仕事に就いたんです。もちろん、抵抗はありました。何日も思い悩んでから、決断したんです」

「そうなんだろうが、振り幅が大きすぎるな」

「最初は都内でデリヘルの仕事をこなしてたんですよ。そのうち東北の被災地では仕事にアブレる心配がないって話を聞いたので……」

「仙台で稼ぐようになったんだ？」

「そうです。福島で原発廃炉作業をやってる人々は高収入を得てるので遊び方が派手だと聞いてたんですが、暴力団の息のかかった派遣クラブが独占状態らしいんですよ。それだから、わたしは仙台で防潮堤工事に従事してる労働者たちのセックス・パートナーを務めるようになったんです」

「稼げるの？」

「東京でデリヘルをやってたときの倍近くは稼げるようになりました。若い労働者は長時間労働を強《し》いられることが多いようで、酒とセックスで憂《う》さを晴らしてるんです。それでも、ハードな仕事に耐えられなくなって、会社の寮から逃げ出す人たちもいるようです。下請けの土木会社は暴力団の企業舎弟《フロント》の場合がありますから、逃げても連れ戻されて、また扱《こ》き使われるんですよ」

「昔のタコ部屋みたいだな」

「実際、それに近いみたいですよ」

春奈が声をひそめて、言葉を継《つ》いだ。

「逃亡の常習者は鉄球付きの足枷《あしかせ》を嵌《は》められて、覚醒剤や幻覚剤の味を覚えさせられてるみたいで、逃げられなくなっちゃうんです。わたしをよく指名してくれてた二十八歳の作業員の足が急に遠のいたので、わたし、仙台湾南部海岸深沼北《ふかぬまきた》工区の近くにある『明和建工《めいわけんこう》』の作業員寮に行ってみたんです。その会社は首都圏で四番目に勢力を誇ってる義誠会《ぎせいかい》の企業舎弟らしいんですよ。わたしをちょくちょく指名してくれてた葉山繁樹《はやましげき》という作業員は『明和建工』に雇われてたんです」

「そう。その葉山という作業員は、会社の寮にいたのかな」

「ええ。防声具を嚙まされて、素っ裸でロープで縛られていました。多分、葉山さんは寮から逃げ出そうとして捕まってしまったんでしょうね」

「そうなんだろうな」

「わたし、いつか葉山さんが会社の誰かに殺されるかもしれないと思ったので、関東テレビの長瀬さんに電話で相談したんですよ」

「それは、いつのこと？」

「五月の下旬です。長瀬さんは数日後の土曜日に仙台に来てくれました。だから、わたしは長瀬さんを『明和建工』の作業員寮に案内したんです」

「葉山繁樹という人物は寮にいた？」

「いいえ、いませんでした。前々日に仕事を辞めて横須賀の実家に帰ったと会社の人は言ったんですが、それは嘘のようです。長瀬さんは葉山さんの実家に電話をしたんですよ。だけど、本人は帰っていないとのことでした」

「そう」

「わたし、もう使い物にならなくなった葉山さんは会社の誰かに殺されて、山林の奥に埋められてるんじゃないかと思いました。それで、そのことを長瀬さんに話したんですよ」

「長瀬記者の反応は？」

「リアリティーのありそうな話だから、少し『明和建工』のことを調べてみると言って、こっちに一泊しました。それで翌日、作業員たちの証言を得たとわたしのスマホに電話をしてきたんです。葉山さんは『明和建工』の関係者にどこかに移されてから、殺されたのだと思います。長瀬さんも、そう推測したんではないですか」

「そうかもしれないな」

「わたしが誰かに尾けられるようになったのは、そのころからなんです。長瀬さんも東京に戻ってから、何者かに尾行されてる気配を感じると言ってました」

「渋谷できみを追い回してたのは、『明和建工』の関係者なのかもしれないな」

「やくざっぽかったから、義誠会の構成員臭いですよね。まだ断定はできませんけど、長瀬さんは葉山さんの失踪の真相を知ったために口を塞《ふさ》がれてしまったんじゃないのかな。そうだとしたら、わたし、責任を感じてしまいます。葉山さんのこと、長瀬さんに話さなければよかったわ」

「きみが悪いわけじゃないさ。ところで、なぜ東京にいたんだい？」

「どうしても外せない用事があったので、わたし、上京したんですよ。でも、今朝《けさ》早く東北新幹線で仙台に戻ってきました」

春奈が答えた。

「『明和建工』の本社は東京にあるんだろうが、防潮堤工事を請け負ってるわけだから、東北のどこかに支社か出張所がありそうだな」

「仙台市に支社があります。青葉区国分町一丁目に立派なオフィスを構えてますよ。支社長は松尾昌俊《まつおまさとし》という名で、四十七、八歳です。紳士然とした身なりをしてますけど、目つきが悪いんです」

「きみがそこまで調べ上げてるとはな」

「葉山さんだけではなく、長瀬さんの死にも『明和建工』が関与してる気がしたので、わたし、ちょっと調べておいたんです」

「もう動かないほうがいいな。きみが目障りだと感じたら、『明和建工』は何かやりそうだからね。後は、こっちに任せてくれ」

「わかりました」

「九十分コースの料金を払わなきゃね」

「何もサービスしないで、お金だけ貰うのはなんだか気が引けちゃいます」

「いいんだ」

加納は上着の内ポケットから、黒革の札入れを摑み出した。

第二章　気になる風俗嬢

1

見晴らしがいい。

眼下に仙台湾が拡《ひろ》がっている。加納は、仙台湾南部海岸から数キロ奥まった丘陵地に立っていた。国分町のホテルをチェックアウトしたのは午前十時過ぎだった。

加納はランドローバーを駆って、『明和建工』の作業員寮を確かめにきたのである。その寮は丘の麓《ふもと》にあった。二階建てで、古めかしい。

囲い塀《べい》が異様に高い。しかも、上部には鉄条網が張られている。前夜、宿泊先で春奈から聞かされた話は事実らしい。

義誠会の企業舎弟は作業員の逃亡を防ぐため、監視を強めているのだろう。

りと見える。

加納はドイツ製の双眼鏡を目に当て、倍率を上げた。『明和建工』の作業員寮がくっき
庭に二人の若い男が坐り込んでいた。どちらも、鉄球付きの足枷を足首に括《くく》りつけられていた。ともに生気《せいき》がない。頬がこけ、目が落ちくぼんでいる。薬物中毒になってしまったのではないか。

加納はランドローバーに乗り込んだ。

車を発進させ、丘陵地を下《くだ》る。ほどなく作業員寮に着いた。加納はランドローバーを目立たない場所に駐《と》め、『明和建工』の寮まで歩いた。

門扉は閉ざされている。

加納はインターフォンを鳴らした。スピーカーは沈黙したままだったが、寮の中から四十代前半の男が現われた。どこか崩れた感じだ。義誠会の者だろう。

「何か用か？」

「おたく、『明和建工』の作業員寮を管理してる方かな」

加納は訊いた。

「そうだけど、あんたは？」

「葉山繁樹の兄ですよ」

「えっ」

相手が狼狽《ろうばい》した。

「五月の下旬から音信が途絶えてしまったんで、弟の様子を見に来たんです。弟は？」

「あんたの弟は、もうここにはいない」

「どういうことなのかな」

「五月の末に急に仕事を辞めて、この寮から出ていったんだ。横須賀の実家に戻るとか言ってたが、帰ってなかったの？」

「家には戻ってません。弟は防潮堤工事はきついが、被災地の方々を安心させたいからって、ずっと働く気だと言ってたんだが……」

加納は、もっともらしく言った。とっさに思いついた嘘だった。

「こっちは田舎だから、退屈になったんだと思うよ。仙台の盛り場でひと通り遊んだら、風俗店にも興味がなくなるだろうからね。都会が恋しくなったんじゃないか。そんな理由で仕事を辞めちゃうのが割にいるんだ」

「繁樹は、弟はそんな無責任な奴ではありません。何かほかの理由で会社を辞める気になったんでしょう。そういえば、いつか弟は長時間労働をやらされた上に、さまざまな名目でピンハネされてることに不満を洩らしてたな」

「『明和建工《うちわけんこう》』は、そんなあこぎなことはしてないぞ」

相手の表情が険《けわ》しくなった。

「知ってるんだよ」

「えっ、何を知ってるってんだ？」

「『明和建工』が義誠会の企業舎弟《フロント》だってことはわかってる。作業員の労賃をピンハネしてるんだろうし、重労働に耐えられなくなった奴を縛るためにドラッグの味を覚えさせてるんじゃないのか。そうすれば、寮から逃げ出す者はいなくなるだろうからな」

加納は鎌をかけた。

「てめえ、どういうつもりなんでえ。うちの会社にあやつけるとは、いい度胸してるじゃねえかっ。葉山は勝手に仕事を辞め、寮を出ていったんだよ。もう会社とは縁の切れた人間なんだ。帰ってくれ」

「弟の荷物が残ってるんじゃないのか？」

「何も残ってねえよ。あんたの弟がすべて持ち去った」

男は体の向きを変えると、門扉から遠のいた。加納は作業員寮の周囲を巡《めぐ》ってみた。侵入できそうな箇所はなかった。

加納はランドローバーに乗り込み、仙台湾南部海岸深沼北工区に向かった。二十分そこそこで、工事現場に着いた。

『明和建工』の作業員たちが防潮堤の石を積み上げている。三十人以上はいるだろう。二十代と思われる男ばかりだった。

現場監督らしい三十七、八歳の男は日陰に坐り込み、週刊誌を読んでいる。柄が悪そうだ。堅気ではないだろう。

正午になると、現場監督らしい男は車でどこかに走り去った。昼食を摂《と》りに行ったようだ。作業員たちが木陰に移り、おにぎりを頰張りはじめた。寮母が用意してくれたのか。

加納は七、八百メートル車を走らせ、コンビニエンスストアで三十数本の冷えた清涼飲料水を購入した。防潮堤工事現場に取って返し、作業員たちに買ったばかりのペットボトルを配る。

「あんた、『明和建工』の人じゃないよね？」

二十二、三歳の男が加納に問いかけてきた。

「こっちは、五月末ごろまでみんなと一緒に働いてた葉山繁樹の兄なんだ。弟からの連絡が途絶えたんで、様子を見に来たんだよ」

「そうなのか」

「寮に行ってみたら、弟は五月末に仕事を辞めて横須賀に帰ったと言ってたんだが、実家には戻ってないんだ」

加納は作業員たちを見回した。困惑顔になる者が多かった。誰も積極的には口を開かない。

「おれ、小便してくる」

最初に話しかけてきた二十二、三歳の男が誰にともなく言って、ごく自然に仲間から離れた。彼は歩きながら、何度か加納を振り返った。

従《つ》いてこいという意味だろう。加納は、さりげなく若い男の後《あと》を追った。

男は数十メートル先の繁みの横で立ち止まった。

「おれ、片倉《かたくら》といいます。鶴見《つるみ》育ちなんで、葉山さんには目をかけてもらってたんですよ」

「そう」

「でも、葉山さんはだいぶ年の離れた兄さんがいるとは言ってなかったな」

「弟とは仲がよくなかったんだよ、あまりね」

「そういうことか。みんながいる所で不用意なことは言えないんで、こっちに来てもらったんですよ。会社のイヌみたいな奴もいますんで」

「繁樹のことで何か知ってたら、教えてほしいんだ」

「いいっすよ。葉山さんは自分で会社を辞めてなんかいません。寮の管理をしてる藤井泰《ふじいやす》志《し》って男に薬物中毒にさせられちゃったんですよ、弟さんは」

「もっと詳しく話してくれないか」

加納は頼んだ。

「わかりました。藤井は春先に葉山さんに疲労回復に効くからって、中国で密造されてる〝氷毒《ひょうどく》〟というエフェドリンを無料で与えてたんっすよ」

「エフェドリンといったら、覚醒剤の原料じゃないか」

「そうっす。おれも後で知りました。藤井は労働時間が長いとか、労賃が安いとか不平を洩らす作業員に〝氷毒〟を只《ただ》で与えて薬物中毒にしてから、純度の高い覚醒剤《シャブ》を売りつけてたんですよ。薬代を引かれると、給料は数万円しか残らなかったはずっす」

「ドラッグ中毒にされた作業員は？」

「葉山さんを含めて七人っす。そのうちの三人はまともに働けなくなったんで、クビになりました。葉山さんは、このままじゃ廃人になると思ったんでしょう。藤井に給料から差っ引かれた薬代を払い戻さないと、薬物中毒にされたことを警察にバラすぞと言ったみたいなんっすよ」

「繁樹がいなくなったのは、それから間もなくなんだね？」

「翌日の夜っす。藤井の部屋に葉山さんは呼ばれたんですが、それきり戻ってきませんでした。おそらく藤井が葉山さんを寮の外に連れ出して、どこかで……」

片倉が言い澱《よど》んだ。

「殺された?」

「と思うっすね。〝氷毒〟や覚醒剤のことを警察に喋《しゃべ》られたら、危《ヤバ》いでしょ?」

「そうだな」

「その翌日、藤井は葉山さんの荷物をどこかに持ち去ったんすよ。もう気づいてるかもしれませんけど、『明和建工』は義誠会の企業舎弟《フロント》なんっす。寮の管理をしてる藤井泰志は構成員なんすよ」

「繁樹は覚醒剤《シャブ》漬けにされたことを誰かに喋ったんだろうか」

「お気に入りのデリヘル嬢には喋ったようっすね。葉山さんがいたころ、美咲というデリヘル嬢が寮に訪ねてきたんすよ。その彼女は葉山さんが覚醒剤中毒にさせられたことを知ってる感じだったな」

「そう。そのデリヘル嬢のほかに、作業員寮を訪ねてきた者は?」

「関東テレビ社会部の長瀬という記者が来ましたよ。どこで聞きつけたのか、その記者は葉山さんたちが薬物中毒にされたことを知ってたっすね」

「そう」

加納は短く応じた。小野寺春奈から聞いた話と合致する。長瀬殺しには、『明和建工』が関与しているのか。疑わしいが、まだわからない。

「管理人の藤井は寮から出ることはないの？」

「毎日、午後三時ごろに食料の買い出しに出かけます。藤井は料理が得意なんで、作業員たちの食事を作ってるんすよ。それから、昼食用のおにぎりやサンドイッチもこしらえてます」

「寮に寝起きしてるのは、藤井だけなのか？」

「ええ、そうっす。『明和建工』の松尾支社長はたまに差し入れのケーキなんか持ってきますけど、寮に泊まることはないっすね」

「寮の部屋にデリヘル嬢を呼んだりすることは禁じられてるんだろうな」

「そうなんすよ。みんな、国分町に繰り出してホテルにデリヘルの娘《こ》たちを呼んでるわけっす。葉山さんは、『シャイニングスター』という派遣クラブの美咲って女に本気で惚《ほ》れてたのかもしれません。覚醒剤を断つことができたら、彼女にも足を洗わせたいんだと真顔でよく言ってたっすから」

「きみの話は参考になったよ」

「『明和建工』のことを嗅《か》ぎ回ってると、危《ヤバ》いことになるんじゃないかな。お兄さん、警察の力を借りたほうがいいんじゃないっすか。おれ、そう思うな」

片倉が忠告した。加納はうなずいて、片倉から離れた。片倉が工事現場に戻ったのを目で確かめてから、ランドローバーの運転席に乗り込む。

加納は車を走らせはじめた。

途中で缶ジュースと菓子パンを買って、作業員寮に引き返す。人目につかない場所に車を駐めて、張り込みを開始した。

寮の敷地から灰色のエルグランドが走り出てきたのは、ちょうど午後三時だった。ステアリングを握っているのは藤井だろう。

加納は慎重にエルグランドを尾行しはじめた。エルグランドは仙台市の宮城野区《みやぎのく》にある大型スーパーマーケットの駐車場に入った。藤井らしき男が車を降り、店内に入る。

加納はランドローバーから出なかった。カートを押した藤井と思われる男が駐車場に姿を見せたのは、小一《こ》時間後だった。

大量に買った食料は車に積み込まれた。藤井らしき男は運転席に入っても、なぜか車を発進させなかった。誰かを待っている様子だ。

十分ほど経《た》つと、チンピラっぽい若い男がエルグランドに近づいた。藤井と思われる男がパワーウインドーを下げる。

「藤井さん、いつもの……」

若い男が何か言いながら、藤井に茶封筒を手渡した。中身は何なのか。加納は気になったが、意図的《いとてき》に動かなかった。

チンピラ風の男がエルグランドから離れた。

藤井が車を走らせはじめた。加納は、ふたたび追尾する。エルグランドは来た道を逆にたどり、数十メートル先で急停止した。

雑木林の横だった。運転席から降りた藤井は道端に走り、立ち小便をしはじめた。

加納はランドローバーからそっと降り、エルグランドに駆け寄った。運転席のドアを開け、助手席の上に置かれた茶封筒を摑み上げる。

加納は中身を検《あらた》めた。白い粉の入った包《パケ》みが五十袋ほど詰まっていた。覚醒剤と思われる。

加納はエルグランドを回り込んだ。

「あんたは、葉山の兄貴じゃないか。あっ、その茶封筒は……」

「さっき大型スーパーの駐車場で受け取ったのは覚醒剤《シャブ》だったんだな」

「違う。それは咳止《せきど》めだ。おれは気管支炎なんだよ」

「そんな嘘が通用するかっ。おれと一緒に警察に行くんだ」

「冗談じゃねえ」

藤井が身を翻《ひるがえ》し、雑木林の中に逃げ込んだ。

すぐに加納は追った。藤井は樹間を縫《ぬ》いながら、奥に進む。

「止まらないと、撃つぞ！」

加納は大声で言って、インサイドホルスターからグロック32を引き抜いた。スライドを引いて初弾を薬室に送り込んだとき、藤井が足を止めた。

「その拳銃《チャカ》は本物《モノホン》みてえだな」

「ああ、真正銃《しんせいじゅう》だ。逃げたら、シュートするぞ」

「てめえ、葉山の兄貴なんかじゃねえな。誰なんだよ？」

「わかりやすく言うと、おれは恐喝屋さ。葉山繁樹に〝氷毒〟と覚醒剤を与えて薬物中毒にして、繋《つな》ぎ留《と》めてたんだな。違うかっ」

「何を言ってやがるんだ。話がわからねえよ」

藤井が口を歪《ゆが》めた。

加納は無造作に引き金を絞った。放った銃弾が藤井の真横の樹幹にめり込む。弾《はず》みで、樹皮が飛散した。

「銃声を聞きつけて駆けつける奴がいたら、一発で仕留めてやる」

「正気なのか⁉」

「もちろんだ。そっちがおれの質問をはぐらかすようだったら、すぐに撃つぞ。いいな！」

「銃声を聞かれても平気なのか⁉　頭がおかしいんじゃねえのかよ」

「何が知りたいんでえ？」

「そっちは、これまでに給料から差っ引いた覚醒剤《シャブ》の代金の返済を葉山繁樹が求めたんで、焦《あせ》ったんだろう？」

「えっ」

「それじゃ、答えになってない。撃たれてもいいってわけだな」

「やめろ！　引き金《トリガー》から指を離してくれ。頼むから、トリガーガードに人差し指を掛けてくれよ。そうしてもらわねえと、体が震えそうだからさ」

「それだけ無駄話ができるのは、それほどビビってない証拠だ」

「ビビってるって。あんたはクレージーみてえだからな」

「死にたくなかったら、正直に答えるんだな。労働時間や給料のことで不満を口にしてた七人の作業員を薬物漬けにして支配してたんだろ？」

「それは……」

「時間稼ぎはさせないぞ」

「ああ、そうだよ。松尾支社長にそうしろと言われたんで、おれは指示に従ったんだ。気が進まなかったんだけどな」

「葉山繁樹が警察に余計なことを喋ったら、まずいことになる。だから、松尾はそっちに葉山を片づけろと言ったわけか」

「お、おれは葉山を殺《や》ってないよ」

「粘るじゃないか」

加納は薄く笑って、二弾目を放った。近くに民家はない。銃声を聞かれる心配はないだろう。

撃った銃弾は、藤井の足許に着弾した。土塊《つちくれ》が撥《は》ね、藤井が後ずさりする。

「もう撃たねえでくれ。おれは葉山を松尾支社長に引き渡しただけだよ。あれは、五月二十七日の夜だったな。その後《あと》のことは何も知らない。嘘じゃねえって。ただ……」

「ただ？」

「それきり葉山の姿は見なくなったよ」

「そのことを松尾に訊いてみなかったのか」

「訊いたよ。そしたら、解雇して横須賀の実家に帰らせた。支社長はそう言ってた」

「しかし、葉山は実際には実家に戻ってない。松尾が手下の誰かに片づけさせたんだろうな」

「知らないよ、おれは」

「葉山が寮から消えた後、デリヘル嬢の美咲が作業員寮を訪ねてきたようだな。その娘は、葉山がちょくちょく指名してた相手だ」

「その女なら、二回ほど寮に来たよ。でも、おれは支社長から葉山は実家に帰ったと聞いてたんで、その通りに……」

「その後、葉山のことで関東テレビの社会部の長瀬という記者が寮にやってきたんじゃないのか？」

加納は畳みかけた。

「ああ、来たよ。おれは同じことを言って、長瀬という奴を追い返したんだ」

「長瀬は、『明和建工』の支社がどこにあるか訊かなかったか？」

「訊いたよ。隠してもどうせ調べると思ったから、国分町一丁目のオフィス街のど真ん中にあることを教えてやった。国分町は仙台の繁華街として知られてるから、意外そうな顔してたな。でも、盛り場は国分町二丁目なんだよ。一丁目は、昔からのオフィス街なんね」

「そのことはテレビのニュースで知ったけど、松尾支社長は事件にタッチしてないだろうだ」

「その長瀬記者が六月十二日の夜、自宅近くで何者かに射殺された」

「なぜ、そう思う？」

「凶器は、３Ｄプリンターで製造されたコルト・ディフェンダーだったんだよな。裏社会の人間なら、本物《モノホン》の拳銃《チャカ》がたやすく手に入るじゃねえの」

「そうだが、裏をかいて３Ｄプリンターでこしらえたプラスチック拳銃を使ったとも考えられるぞ」

「それは考えすぎだよ」

「そうかな。松尾は葉山の失踪と長瀬記者の事件に絡んでる疑いがある。支社長に電話をして、ここに呼びつけろ」

「もう勘弁してくれよ。そんなことをしたら、おれは松尾支社長に後で締められる。下手したら、殺《や》られちまうかもしれないな」

「すぐに松尾に電話をしなければ、おれがそっちを撃ち殺す！」

「わかったよ。おれの負けだ」

藤井がぼやいて、上着からスマートフォンを摑み出した。『明和建工』に電話をして、経緯を話す。数分で電話は切られた。

「松尾支社長は三十分以内にこっちに来ると言ってた。もちろん、ボディーガードなしでな」

「それじゃ、そっちの車で待とう」

加納はグロック32で威嚇《いかく》しながら、藤井を手招きした。利き腕を素早く捩《ねじ》上げて、雑木林の外に連れ出す。

加納は先に藤井をエルグランドの運転席に乗せ、素早く助手席に入った。銃口を藤井の脇腹に突きつける。

「逃げたら、容赦なく撃つぞ」

「わかってらあ。逃げないって。命のスペアはないんだから、ばかな真似はしねえよ」

「いい心がけだ」

「煙草喫《す》ってもいいだろ？」

藤井が断ってから、セブンスターをくわえた。ダッシュボードのシガーライターを押し込み、さりげなくドア・ロックを解除した。

どうやら隙を見て逃げ出す気らしい。加納はグロック32を左手に持ち替えた。

そのとき、シガーライターが鳴った。藤井がシガーライターを引き抜き、加納の太腿に押し当てようとした。

加納は藤井の手を押さえ込み、熱くなったシガーライターを相手の脚《あし》に当てた。

藤井が獣じみた声を発し、顔をしかめた。スラックスの生地が焦《こ》げ、煙が立ち昇りはじめた。

「松尾が来るまで、おとなしくしてろ」

加納は言うなり、エルボーで藤井のこめかみを撲《う》った。

2

悪い予感が膨らんだ。

松尾支社長が来ると考えるのは、読みが浅いだろう。加納は、腰から手錠を手早く引き抜いた。

「手錠《ワッパ》まで持ってるのか⁉」

藤井が目を丸くした。

「ポリスグッズの店で買った模造品だよ。刑事に化けることもあるんでな」

「おれ、逃げたりしねえよ。あんたは拳銃《チャカ》を持ってるんだから、逃げたくても逃げられねえ」

「おれは用心深い性格なんだよ」

加納は片方の手錠をハンドルに嵌《は》め、もう一方を藤井の右手首に喰い込ませた。

「これで、逃げ出せなくなったはずだ」

「逃げねえって言ったのに」

藤井がぼやいた。加納は拳銃をインサイドホルスターに滑り込ませ、エルグランドの助手席から出た。

後方に駐《と》めてあるランドローバーに乗り込み、ギアをR《リヴァース》レンジに入れる。四、五十メートル退《さ》がり、尻《けつ》から車を側道に突っ込んだ。

加納はランドローバーを降り、エルグランドに引き返した。だが、車内には入らなかった。雑木林の中に身を潜《ひそ》め、様子をうかがう。

約束の三十分が過ぎても、『明和建工』の支社長は姿を見せない。そのうち、手下の者がやってくる手筈になっているのだろう。

加納は待った。

一時間が過ぎても、『明和建工』に関わりのある者は近づいてこない。やがて、夕闇が拡《ひろ》がりはじめた。

そのとき、前方からダンプカーが走ってきた。スモールライトも灯《とも》していない。ダンプカーは急にセンターラインを越え、エルグランドに激突した。

エルグランドのフロントグリルはひしゃげ、藤井はフロントガラスに顔を突っ込む形で唸っていた。なぜかエアバッグは膨らんでいない。

ダンプカーがバックし、ふたたびエルグランドに向かって突進してくる。加納はエルグランドの前に出て、グロック32を両手保持で構えた。前輪を撃ち抜くつもりだ。

引き金の遊びを絞り切ったとき、ダンプカーが急ハンドルを切った。そのまま対向車線を斜めに突っ切り、沿道の巨木を薙《な》ぎ倒した。ダンプカーは大きく傾いていた。

加納はエルグランドの潰《つぶ》れた運転席を覗いた。藤井の顔面は血だらけだったが、意識ははっきりしている。

加納はドアを抉《こじ》あけ、手錠を外した。

「後で救急車を呼んでやる。ダンプで突っ込んできた奴は身内なんだろ？」

「はっきりとは見えなかったが、松尾支社長のお抱え運転手をやってる福留洋史《ふくとめひろふみ》って男だと思う。ちょうど三十歳だったかな。松尾支社長は福留におれを殺《や》らせようとしたんだろう」

「おそらくな。ついでに、このおれも始末する気だったにちがいない。ダンプは『明和建工』の車か？」

「いや、そうじゃねえな。ライバル関係にある土木会社のダンプだよ。福留と思われる奴はかっぱらったダンプで、車ごとおれを押し潰す気だったんだろう。くそっ！」

「ちょっと待ってろ」

「早く救急車を呼んでくれねえか。体が完全に挟まれて身動きできねえんだ。おれ、死んじまうよ」

「それだけ喋れれば、死んだりしないさ」

「頼むから、早く一一九番してくれ！」

藤井が訴えた。加納は目顔《めがお》で藤井をなだめ、ダンプカーに駆け寄った。ステップに足を掛け、運転手を引きずり出す。

「福留だな？　松尾支社長の指示で、藤井を車ごと潰して死なすつもりだったんだなっ」

「そうだよ。膝頭が潰れちまったみたいなんだ。救急車を呼ぶか、病院に連れてってくれないか」

「福留、甘ったれるんじゃない！」

「おれの名を知ってるってことは、藤井は圧死しなかったんだな。そうなんだろ？」

「ああ、生きてる。そっちは、松尾のお抱え運転手なんだってな？」

「そうだよ」

「松尾に藤井の口を塞《ふさ》げって命じられたんだなっ」

「それは……」

「言わなきゃ、一発喰《く》らわせるぞ」

「やめろ！　やめてくれ、撃たないでくれよ」

福留が哀願した。加納は、グロック32の銃口を福留の狭い額に押し当てた。

「松尾支社長に藤井を片づけろと命じられたんだろ？　どうなんだっ」

「そうだよ。ついでに、藤井を囮《おとり》にした奴を始末しろとも言われたんだ」

「松尾は防潮堤工事をやってる作業員たちが仕事を辞めることを喰い止めたくて、葉山たち七人に〝氷毒〟や覚醒剤を与え、わざと薬物中毒にした。最初は只でくれてやってた薬物の代金を給料から差っ引くようになった」

「そんなことまで知ってるのか⁉」

「葉山繁樹は差っ引かれた薬物代をそっくり返さないと、『明和建工』が危《ヤバ》いことをしてるとバラすと騒ぎはじめた。それで松尾支社長は焦《あせ》って作業員寮の管理人をやってる藤井に葉山を連れてこいと命じた。五月末の晩のことだ。そのときから、葉山の姿を誰も見ていない」

「………」

「藤井は葉山を支社長に引き渡しただけで、殺してはいないと言った。多分、その通りなんだろう。福留、松尾支社長自身が葉山を始末したんじゃないのか？」

「おれは何も知らないよ。葉山は仕事を辞めて横須賀に帰ったという噂は耳にしてたけどさ。支社長が葉山を殺《や》ったなんて考えられないけどな。松尾さんは義誠会の盃を受けてるけど、『明和建工』の支社長を務めてる。四次の下請けながら、防潮堤工事では大きな利益を得て企業舎弟《フロント》の稼ぎ頭に成長させた。義誠会の理事になれることは、ほぼ間違いないんだ。殺人《コロシ》なんかやったら、すべてを失うことになるじゃねえか」

「松尾自身が手を汚すなんてことは考えられない？」

「ああ。それから、手下の誰かに葉山を亡《な》き者にさせたとも思えないな」

「いや、それは考えられるだろう。現に松尾は、そっちに藤井とおれを片づけさせようとしたじゃないか」

「そうだが……」

「ま、いいさ。藤井がすでに証言してるんだが、葉山がよく指名してたデリヘル嬢の美咲という娘《こ》は作業員寮を二回訪ねてきたそうだ。その彼女は急に葉山の姿が見えなくなったんで、松尾支社長を怪しんでたようだ。美咲は自分ひとりで葉山の失踪の謎を解くのは難しいと考え、知り合いの関東テレビの社会部記者に協力を求めた」

「そうなのか」

「社会部記者は長瀬健という名なんだが、六月十二日の夜、何者かに射殺された」

「そいつも、松尾支社長が消したと思ってるのか？」

「疑えることは疑えるな」

「支社長はいまの地位を大事にしてるから、そんなことは絶対にしないと思うよ」

「そうかな。いま松尾は、国分町一丁目のオフィスにいるのか？」

「いや、会社にはいないよ」

「どこにいるんだっ。頭を撃ち抜かれたくなかったら、松尾の居所を吐け！」

「わ、わかったよ。支社長は愛人《レコ》の自宅にいるはずだ」

「愛人の名は？」

「名和真帆《なわまほ》、二十五歳だよ。高級クラブのナンバーワン・ホステスだったんだが、松尾支社長が一年ちょっと前から世話してるんだ」

「愛人宅はどこにある？」

「仙台市役所の裏手で、国分町三丁目十×番地にあるんだ。マンション住まいじゃなくて、戸建ての借家だよ」

「松尾は妻子持ちだな」

「そうだけど、自宅は都内にあるんだ。『明和建工』の支社長になった五年前に単身赴任で仙台に来て、しばらく賃貸マンション暮らしをしてたんだよ。でも、真帆さんの面倒を見るようになってからは、仙台市役所裏の借家で一緒に暮らしてる」

福留が唸《うな》って、膝頭を押さえた。加納は屈み込み、福留の懐を探《さぐ》った。

スマートフォンを摑み出し、一一九番する。加納は救急車の要請をすると、スマートフォンを遠くに投げた。

「おれのスマホをなぜ投げたんだ？」

「松尾に余計なことを話されたくないんでな」

「そういうことか。社長には何も話さないよ。失敗《ドジ》踏んだことを伝えたら、怒鳴られるに決まってるからな」

「そうだろう。少し待てば、救急車が来るだろう。藤井と同じ救急病院に担《かつ》ぎ込まれることになるかもしれないぞ」

「まいったな」

福留が長嘆息した。

加納は立ち上がって、車道に出た。エルグランドのラジエーターが破損したらしく、もくもくと蒸気を吐いている。

加納は側道まで駆け、ランドローバーに乗り込んだ。仙台市の市街地に向かう。数キロ先で、救急車とレスキュー車と擦《す》れ違った。

名和真帆の自宅を探し当てたのは二十数分後だった。市役所の裏通りに面した平屋だった。間取りは3ＬＤＫほどか。庭は割に広い。

車庫には、黒いレクサスが駐められている。松尾の車だろう。

加納は名和宅の近くの路肩にランドローバーを寄せた。ライトを消し、すぐにエンジンを切る。

それから間もなく、野口恵利香から私物のスマートフォンに電話があった。

「例のお金のことだけど、わたしが指定した口座にちゃんと振り込まれてたの」

「そうか」

「加納さんのおかげで、口止め料をせしめられたのよね。分け前を受け取ってほしいな」

「おれを恐喝の共犯者にして、それを切札にするつもりなのかい？」

「加納さんは、そのうちわたしを逮捕する気でいるのね。もう覚悟できてるから、いつでも捕まえて」

「まだ目標額の半分にも達してないんだろ？」

「ええ、それはね。でも、逮捕されたら、ちゃんと罪を償《つぐな》うわ。それが法治国家のルールだもの」

「おれは、そっちを逮捕《パク》る気はない」

「一、二回ベッドを共にしたからって、遠慮しないで。加納さんは法の番人なんだから」

「そうだが、おれは法がすべてとは考えてないんだ。罰を与えなくてもいい犯罪もあると思うよ」

「アナーキーなことを言うのね。刑事としては失格よ。でも、そういう行動美学は素敵だわ」

「捕まらないように上手に立ち回ってくれ。いつの世も、義賊はいたほうがいいんだから」

「わたし、別に義賊を気取ってるわけじゃないわ。ハンディをしょってる弟が過ごしやすいようにしてあげたいと願ってるだけよ」

「とにかく、うまくやってくれ」

「ありがとう。ところで、捜査のほうはどうなの？」

「長瀬健の事件に関与してそうな奴がいるんだが、真犯人《ホンボシ》かどうかはまだわからない」

加納は経過報告をして、電話を切った。紫煙をくゆらせながら、往来を眺める。

まだ夜は更けていないが、めったに車も人も通りかからない。名和宅には、いつでも忍び込めるだろう。それでも、大事を取ったほうがよさそうだ。加納は午後八時半を過ぎてから、ランドローバーを出た。

名和宅の門扉は低い。手を伸ばせば、たやすく内錠は外せる。

加納は左右を見てから、両手に布手袋を嵌めた。官給された手袋だ。加納は内錠を静かに外し、扉を半分ほど開けた。体を斜めにして、敷地の中に侵入する。

加納は庭木の陰にしゃがみ、息を殺した。家屋の照明は灯っているが、カーテンで室内の様子はわからない。

加納は建物に沿って進み、裏側に回った。

すると、風呂場の換気孔から男女の話し声が洩れてきた。

「真帆の体を見てるだけで、こんなになったよ」

「松尾のパパ、凄い！　湯から突き出て、まるで潜望鏡ね」

「久しぶりに真帆のヘアを剃《そ》ったんで、大事なとこが丸見えになったからな。刺激的だよ。土手の所も赤く爛《ただ》れたようで、エロチックだ」

「割れ目がそのまま見えたら、かえってそそられないと思うんだけど」

「そんなことないよ。もうたまらんな。真帆、おれの上に跨《また》がってくれ」

松尾が言った。真帆が湯船に入り、言われたようにしたようだ。なまめかしく呻いた。

「下から突き上げるから、真帆も動いてくれ」

松尾が言った。

湯が波立つ音がすぐに響いてきた。真帆も腰を弾ませているようだ。湯がリズミカルに鳴りつづけた。

「パパ、クリちゃんを……」

「よし、よし」

松尾が愛人の敏感な突起を指の腹で圧《お》し転がしはじめたらしい。真帆の喘《あえ》ぎは、じきに切なげな呻き声に変わった。

それから一分も経《た》たないうちに、松尾の愛人は愉悦《ゆえつ》の海に溺《おぼ》れた。悦《よろこ》びの声は長く尾を曳《ひ》いた。

「真帆、気持ちいいか?」

「最高よ。パパは、まだ……」

「このつづきはベッドの上でやろう」

「ええ、そうしましょう」

二人が結合を解き、浴槽から出た。どちらも脱衣所に移ったようだ。

加納は風呂場から離れ、台所の勝手口の前に立った。十分ほど時間を遣《や》り過ごしてから、万能鍵でドア・ロックを解く。ドアを細く開け、土足のままで上がり込んだ。

加納は抜き足で暗いキッチンを進み、玄関ホールに出た。

奥の部屋から、淫《みだ》らな男女の呻き声が伝わってくる。ベッドマットの軋《きし》む音も耳に届いた。加納はサングラスで目許を覆い、奥の部屋に近づいた。ドア・ノブを少しずつ回し、室内を覗き込む。

十畳ほどの広さの寝室は明るかった。ダブルベッドの上では、松尾が若い愛人と交わっていた。

真帆は長い枕に顔を埋め、張りのあるヒップを突き出す恰好《かっこう》だった。松尾は真帆の腰に両手を掛け、ワイルドに抽送を繰り返している。まだ四十七、八歳のはずだが、腹は大きく迫《せ》り出していた。

真帆がもどかしそうに腰を振る。松尾の律動《りつどう》が速くなった。結合部の湿った音が煽情《せんじょう》的《てき》だった。

加納はインサイドホルスターからグロック32を引き抜き、寝室のドアを肩で弾いた。その音で、松尾が振り向く。

「ど、泥棒だなっ」

「そうじゃない。まず確かめさせてもらう。あんたは『明和建工』の支社長の松尾昌俊だな。ベッド・パートナーは、愛人の名和真帆さんだろ？」

「きさまは、藤井を取っ捕まえた男だなっ」

「その通りだ。福留というお抱え運転手は盗んだと思われるダンプカーで藤井のエルグランドにぶつかったんだが、始末はできなかったよ」

「きさまが邪魔したんだな」

「そうだ。見苦しい物を隠せ！」

加納は松尾に言った。松尾が腰にバスタオルを巻きつけた。真帆はタオルケットで全身をくるみ、丸くなっていた。

「あんたは堅気じゃないんだから、これがモデルガンじゃないことはわかるな。おれの質問にすんなりと答えないと、九ミリ弾を一発ずつめり込ませるぞ」

「きさま、いや、おたくは何者なんだ？」

「わかりやすく言えば、強請屋《ゆすりや》だな。五月の末、あんたは藤井から引き取った葉山繁樹を殺したんじゃないのか。葉山が覚醒剤漬けにされて、思いがけない形で反撃に出たんでな」

「防潮堤工事をやってた葉山のことはよく知ってるが、おれはあいつに何もしてない」

「白々しいな」

加納はスライドを引いた。

「本当に本当だよ」

「藤井がもう口を割ってるんだ。観念しろ。あんたは七人の作業員を薬物中毒にして、仕事を辞められないようにした。そのことを葉山にバラされたら、『明和建工』は下請け業者から外されるかもしれない。手下の誰かに葉山を片づけさせたら、そいつにずっと弱みを握られることになる。そうなったら、不安がつきまとう。あんたはそう考え、自分の手で葉山繁樹を殺害して、その遺体をどこかに隠したんじゃないのかっ」

「おれは何もしてない！」

松尾が声を張った。

加納はダブルベッドに歩み寄り、長い枕を摑み上げた。銃身を枕ですっぽりと覆い、無造作に引き金を絞る。

くぐもった銃声がし、銃弾が松尾の頭上を抜けていった。松尾が両手で頭を抱え、その場にうずくまった。

「好きなだけ金をやろう。女もくれてやる。だから、おれを撃《ハジ》かないでくれ」

「真帆、その男に抱かれてやれ。そうすりゃ、おれたち二人は撃たれなくても済むだろう」

「見苦しい奴だ」

「パパ、なんてことを言うの！」

真帆がむっくりと起き上がり、パトロンを睨《ね》めつけた。

「手切れ金を五百万円やるから、そいつのナニをふやけるぐらいしゃぶってやって、思いっきり突っ込んでもらえ」

松尾が真顔で言った。真帆がダブルベッドを降りるなり、無言で松尾の顎《あご》を蹴り上げた。

「あんたは最低の男だわ。手切れ金なんかいらない。わたしから別れてやる！」

「後悔しても知らんぞ」

松尾が憎々しげに言った。真帆が加納の前にひざまずき、チノクロスパンツのファスナーを引き下げた。

「離れろ。おれは、怯《おび》えてる女を抱く気はない」

「わたし、別に怯えてないわ。女心を踏みにじった男に仕返ししてやりたいだけ。松尾の前でわたしを悦《よろこ》ばせてくれません？」

「そういうことなら、協力は惜しまないよ」

加納は真帆に笑いかけた。真帆がペニスを掴み出し、根元を断続的に握り込む。加納は力を漲《みなぎ》らせた。

真帆が浅くくわえ込み、亀頭に舌を這《は》わせはじめた。鈴口《すずぐち》を舌の先でくすぐられるたびに、男根《だんこん》は硬度を増した。

「おれの情婦《おんな》をくれてやるんだから、もう撃たないよな？」

松尾がおずおずと訊いた。加納は返事の代わりに、またもや発砲した。銃弾は松尾の側頭部すれすれのところを抜け、壁の中に埋まった。

「次は顔面を狙う」

「葉山を石段の上から突き落として、泉《いずみ》ケ岳《たけ》の中腹に死体を埋めたんだ。葉山の野郎は給料から差っ引かれた薬物代として三千万円出さなきゃ、警察に何もかも話すと開き直りやがったんだ」

「だから、殺《や》っちまったわけか。そのことを葉山がよく指名してた美咲というデリヘル嬢に知られたんじゃないのか？」

「その女が作業員寮に葉山の消息を訊ねにきたという話は藤井から報告を受けてたが、殺人《コロシ》のことを知られたかどうかはわからない。ただ、関東テレビの長瀬とかいう記者が葉山の行方を捜してたから、デリヘル嬢に知られたのかもしれないな」

「で、あんたは手下の者に美咲というデリヘル嬢を拉致させようとしたんじゃないのか、先日、渋谷で」

「おれは、そんなことはさせちゃいない」

「関東テレビの社会部記者に葉山を殺したことを知られたんで、誰かに六月十二日の夜、プラスチック拳銃で射殺させたんじゃないのか？」

「まったく身に覚えがないな」

「空とぼけてることがわかったら、あんたを迷わずシュートするぞ」

「嘘じゃねえって。本当の話だよ。おれが殺《や》ったのは葉山繁樹だ」

「ちょっとタイム！　話のつづきは後にしてくれ」

加納は真帆をベッドに伏せさせ、後ろから体を繋《つな》いだ。性器は反り返っている。

加納は拳銃を握りながら、腰を躍《おど》らせはじめた。

3

寝室の空気が腥《なまぐさ》い。

加納はダブルベッドに腰かけていた。真帆は少し前に浴室に行き、部屋にはいなかった。

「くどいようだが、あんたに金をやる。真帆もくれてやるよ」

ベッドの下に坐り込んだ松尾が、裏取引を持ちかけてきた。

「くどいな。銭は大好きだが、どんな悪事にも目をつぶってやってるわけじゃない。あんたは作業員を薬物中毒にして、家畜のように働かせてた。ブラック企業以下だな」

「……………」

「葉山が怒って三千万円出せって言ったのは当然だ。そっちは悪事を暴かれるのを恐れて、葉山を石段から突き落として死なせた。汚すぎるな」

「あっ、もしかしたら……」

「なんだ？」

加納は訊いた。

「脅迫電話をかけてきたのは、あんたなんじゃないのか？」

「脅迫電話だって？」

「そうだよ。ボイス・チェンジャーで声を変えてたんで、性別も年齢も判然としなかったが、そいつはおれが葉山の失踪に深く関わってるとか言って、口止め料を暗に要求したんだ。電話をしてきたのは、あんたなんじゃないのか？」

「おれは、そんな電話はしてない」

「本当か？」

「ああ」

「なら、脅迫電話をかけてきたのはいったい誰なんだ？　そうか、葉山が気に入ってた美咲という源氏名のデリヘル嬢なのかもしれないな。少しまとまった口止め料をせしめられると踏んだんだろうが、おれがシラを切ったら、それきり電話をしてこなくなった。やくざ者を怒らせたら、危《ヤバ》いと思ったんだろうな。それはそうと、あんたに三千万払うよ。それで、おれが葉山繁樹を始末したことは絶対に口外しないでくれ。悪い取引じゃないだろうが？」

「………」

「わかった。四千万まで出そう。会社の金庫に七、八千万の現金《キャッシュ》があるから、すぐに渡してやる。一緒にオフィスに行こうじゃないか」

松尾が言った。加納はベッドから腰を浮かせ、松尾の前で片膝を落とした。

グロック32をホルスターに戻し、両手で松尾の頰をきつく挟む。松尾が首を振っているうちに、顎《あご》の関節が外れた。涎《よだれ》を垂らしながら、転げ回りはじめた。

加納はクローゼットの扉を開け、ベルトやスカーフを取り出した。それらで、松尾の手脚をきつく縛り上げた。

その直後、バスローブ姿の真帆が寝室に戻ってきた。

「パパをどうするつもり?」

「警察に引き渡す」

「おたく、強請屋じゃないの?」

「そうなんだが、会社の作業員たちを薬物中毒にして扱《こ》き使ってた松尾を赦《ゆる》せなくなったんだよ」

「わたし、警察に痛くもない腹を探られるのは勘弁してほしいわ。パパの愛人をやってたことは確かだけど、別にわたし自身は危《ヤバ》いことなんかしてないもの」

「だったら、すぐに荷物をまとめて仙台から消えるんだな」

「わたし、あなたの情婦《おんな》になってもいいわ。体の相性もよかったから」

「せっかくだが、ノーサンキューだ」

「フラれちゃったか」

「早く荷物をまとめろ」

加納は急《せ》かした。

真帆がクローゼットの奥からサムソナイト製の水色のスーツケースを引っ張り出し、衣類や貴重品を詰めはじめた。それから彼女は身繕《みづくろ》いし、ざっとメイクをした。松尾が真帆を見上げ、何か言いたげな顔つきになった。

「刑務所で、出所後のことをじっくり考えるのね」

真帆が冷ややかに言い放ち、寝室から出ていった。そのまま玄関に向かう。

ベッドサイドテーブルの上には、固定電話機が載《の》っている。加納はダブルベッドに腰かけ、受話器を摑み上げた。一一〇番する。

電話が宮城県警通信指令本部に繫がった。

「こちらは国分町三丁目十×番地の名和真帆の自宅です。寝室に殺人犯がいます」

「あなたはどなたなんです？」

「その質問には答えられません。殺人者は、『明和建工』の松尾昌俊支社長、四十七、八歳です。松尾は五月下旬のある夜、作業員の葉山繁樹を石段から突き落として死なせて、その死体を泉ヶ岳の中腹に埋めたと供述してます」

「供述という警察用語を使われましたね。あなたは警察官ではありませんか？」

「いいえ、違います。殺された葉山の知り合いなんです。葉山が急に姿を消したんで、個人的に調べてみたんですよ。それで、松尾が葉山を殺害したことを突きとめたわけです」

「そのまま留《とど》まっていただきたいんですよ。どうか事情聴取にご協力ください。お願いします」

「とにかく、捜査員をただちに急行させてください。よろしく！」

加納は電話を切って、無言で寝室を出た。侵入口から家屋の外に出る。名和宅から離れ、加納はランドローバーに乗り込んだ。仙台市役所の前の通りのガードレールに車を寄せ、三原刑事部長に電話で中間報告する。

「松尾の供述通りなら、長瀬殺しではシロだね」

「と思います」

「明日にでも宮城県警捜査一課に探りを入れてみるが、松尾は社会部記者に身辺を探られてたんだろう？」

「そうです」

「それだったら、松尾が第三者に関東テレビの長瀬記者を殺《や》らせた疑いはゼロじゃないわけだ」

「そうですが、相手は報道関係者なんです。松尾が長瀬記者に葉山殺しの物証を押さえられてたんでしたら、第三者に殺人を依頼するでしょうね。ですが、松尾の口ぶりではそこまでは尻尾《しっぽ》を摑まれてはいないようでした」

「そういうことなら、松尾が誰かに長瀬健を始末させてはいないんだろう」

刑事部長が言った。

「ええ、そう思います」

「元ＡＤの小野寺春奈は、デリヘルの客の葉山が薬物漬けにされてることを旧知の長瀬記者に教えた。それで、長瀬は休日を利用して宮城に出かけた」

「ええ」

「そして、長瀬記者は松尾の悪事を知ったんだろうか。加納君、そのあたりのことをもう一度、春奈に訊いてみてくれないか」

「刑事部長は、小野寺春奈が何か隠しごとをしているのではないかと考えてるんですか？」

「そういうわけじゃないんだが、松尾の供述内容でちょっと引っかかることがあったんだよ」

「それは、どんなことなんです？」

加納は問いかけた。

「松尾は、正体不明の人物に葉山殺しの件で脅迫されたと言ってたんだね？」

「ええ、そう言ってました」

「推測の域を出てないんだが、長瀬健は松尾が葉山繁樹を殺害した証拠を押さえてたんではないだろうか」

「まさか長瀬記者が電話で松尾に口止め料をせびったと推測したんではありませんよね？」

「熱血記者がそんなことをするわけないさ。加納君、葉山殺しの犯人を突きとめたことを長瀬が小野寺春奈に教えた可能性はないだろうか」

「ボイス・チェンジャーを使って松尾に口止め料を要求しかけたのは、春奈ではないかと……」

「そう。小野寺春奈は元交際相手に貶《おとし》められたんで自棄《やけ》になり、地道に生きることを諦めてデリヘル嬢になった。いつまでもやれる仕事じゃないんで、春奈は何らかの手段で生き直すのに必要な金を工面《くめん》したいと考えてるのかもしれないぞ」

「なるほど、それは考えられますね。何か小さな店を開きたいと思ったら、それなりの開業資金がいります。商売にもよりますが、最低一千万円は必要になるんじゃないでしょうか」

「そうだろうね。デリヘルの仕事は性的なサービスでそれなりに稼げるんだろうが、一年や二年で一千万円を貯《たくわ》えることは難しいんじゃないのか」

「でしょうね。プライドを殺してデリヘルの仕事をつづけるのは、きついでしょう。小野寺春奈がダーティーな手段を用《もち》いてでも、手っ取り早くリセット資金を得たいと考えても不思議じゃないですね」

「小野寺春奈は、松尾を強請《ゆす》ろうとしたことを長瀬記者に覚《さと》られてしまったと仮定したら……」

刑事部長が言葉を途切らせた。

「春奈が敬愛してた熱血記者を3Dプリンターで製造したプラスチック拳銃で射殺したんではないかと推測されたんでしょう?」

「そうなんだが、それはさすがにリアリティーがないか」

「ええ」

「ただね、小野寺春奈の思いきりのよさが気になるんだ。昔の彼氏に裸の映像をネットに流されたことはショックだったろうが、デリヘル嬢になって逞《たくま》しく生きてやれと短い間に気持ちを切り換えられるだろうか。ドライすぎる気がするんだ。もともと春奈には強《した》かな面があったんだろうか」

「そうなのかもしれませんね」

「だとしたら、いざとなったら、松尾を強請ることぐらいはやりそうだな。実際には口止め料をせしめてないようだがね。とにかく、春奈にそれとなく探りを入れてみてくれないか」

「わかりました」

加納は通話を切り上げ、私物のスマートフォンでデリヘル嬢派遣クラブ『シャイニングスター』に電話をかけた。

「美咲さんを指名したいんですが……」

「申し訳ありません。彼女は、急にクラブを辞めてしまったんですよ」

「えっ、そうなんですか⁉」

「詳しいことは喋ってくれませんでしたが、仙台にいるのは危険だから、実家のある東京に戻るつもりだと言ってました」

店の者が言った。

「まいったな」

「どうかされたんですか」

「実はおれ、美咲さんに百万円貸したままなんですよ。今月中には返してくれると言ってたんだが……」

加納は、嘘を澱《よど》みなく喋った。

「そうなんですか」

「美咲さんは仙台市内の賃貸マンションに住んでると言ってたけど、住所は教えてくれなかったんです。おれ、自宅マンションに行ってみますよ。まだ部屋を引き払ってないでしょうからね。美咲さんの自宅の住所、教えてくれませんか」

「弱ったな。個人情報をむやみに教えるのは……」

「おれは、彼女に百万も貸してるんです。借金を踏み倒されたら、『シャイニングスター』で立て替えてくれます？」

「そんなことはできません。当店には関係のないことですからね」

「だったら、美咲さんのアドレスを教えてくれてもいいでしょ！」

「わかりました。美咲さんは、河原町《かわらまち》二丁目三十×番地、『仙台グレースパレス』の五〇五号室に住んでます。本名は小野寺春奈というんですよ」

「そう。とにかく、自宅に行ってみます」

「美咲さんがお金を返さなくても、当店には関係ありませんからね」

店の者が念を押した。加納はスマートフォンを懐に戻すと、ランドローバーのギアをDレンジ《ドライブ》に入れた。

『仙台グレースパレス』に着いたのは二十数分後だった。マンションの表玄関はオートロック・システムにはなっていなかった。

加納は勝手にエントランスロビーに入り、エレベーターで五階に上がった。五〇五号室のドアは大きく開け放たれていた。若い男たちが長椅子を部屋から運び出そうとしている。

「きみらは引っ越し業者なのかな」

加納は、男のひとりに声をかけた。

「いいえ、リサイクルショップの者です。部屋を引き払った方の隣室の女性が荷物の処分を頼まれたとかで、うちの店に電話をされたんですよ」

「その方は？」

「部屋の奥にいるはずです」

リサイクルショップの従業員が居室《きょしつ》に向かって大声で呼びかけた。二十二、三歳のけばけばしい女がやってきた。

「小野寺春奈さんに部屋の荷物の処分を頼まれたんだって？」

加納は女に確かめた。

「そう。あたし、五〇四号室を借りてるんだけど、東京から仙台のキャバクラに移ってきたのよ。東日本大震災があって一年後にね。復旧・復興工事を請け負ってる土木会社の連中が国分町で派手な遊び方をしてるって話を耳にしたもんだからさ。美咲ちゃんも東京から流れてきたってことで、あたしたち、仲よくなったのよ。そんなわけでね、部屋の荷物の処分を頼まれちゃったの。それより、おたくは美咲ちゃんとどういった知り合い？」

「ちょっとした知り合いだよ」

「彼氏じゃないわよね？　美咲ちゃん、男には懲《こ》りたと言ってたから、デリヘルの仕事をしても特定の彼氏は作らなかったはずだもの」

「彼女は、美咲という源氏名を使ってたんだっけな」

「そう。小野寺春奈という本名を聞いても、一瞬、誰のことかわからなかったわ」

「そうだろうな。彼女、なんで急に『シャイニングスター』を辞める気になったんだい？」

「詳しいことは教えてくれなかったけど、仙台にいると、義誠会の連中に何かされるかもしれないと言ってたわ。義誠会の企業舎弟《フロント》の土木会社で働いてた作業員の行方がわからなくなったんで、美咲ちゃんはその彼のことを捜してたのよ。ちょくちょく指名してくれてたんで、大事な客だったんでしょうね」

「行方がわからない作業員のことで、何か知ったんだろうか」

「うん、そうみたいよ。その彼は働いてた土木会社に不満があって、支社長に強く文句を言ったんじゃないかな。それで、どうも殺されたようなの」

「穏やかな話じゃないな。本当なのかい？」

「美咲ちゃんはそのことを誰にも言わないでくれと何度も念を押してたから、いいかげんな話じゃないと思うわよ。彼女、そのことを種《ネタ》にして『明和建工』という会社の支社長から口止め料を毟《むし》る気でいたみたい。美咲ちゃんは以前の彼氏に全裸の映像をネットに流されたんで、勤めてたテレビ番組制作会社を辞めざるを得なくなったんだって」

女が言った。加納は何も知らない振りをして、黙って聞いていた。

「そんなことで、日本中の男がネットの彼女の裸を観てるような被害妄想に悩まされて、まともな就職は諦めたみたいよ。デリヘルの仕事でたくさん稼いだら、整形ですっかり顔かたちを変えて、生き直したいんだと言ってたわ」

「整形の費用が欲しくて、暴力団の息のかかった土木会社の支社長から口止め料をせしめる気になったんだろうか」

「多分、そうなんじゃないかな。でも、相手に凄まれたんで、美咲ちゃんはビビったんじゃないのかしらね。脅迫者が自分だと義誠会の人に覚《さと》られたと感じて、彼女、東京に逃げる気になったんだと思うわ。やくざに追い回されつづけるようだったら、美咲ちゃんは借金してでも整形手術を受けるんじゃないかな。顔が変われば、まず見つからないだろうから」

「多分ね」

「美咲ちゃんも大変だな。換金できる家具の代金をあたしにくれるって言ってたけど、CDコンポ、ドレッサー、ベッド、ラブチェアをまとめて引き取ってもらっても、トータルで三千円にも満たないんだってさ」

「そう」

「儲けるつもりなんかないから、別にかまわないけどね。それはそうと、美咲ちゃんはいったん板橋の実家に戻ると思うわよ」

「そうだろうか」

「美咲ちゃんに会えたら、部屋の荷物はきれいに片づけたから安心してって伝えてくれる?」

「わかったよ」

「あっ、そうだ! あたし、国分町二丁目にある『ヴィーナス』ってキャバクラで働いてるの。気が向いたら、お店に来て。ね?」

女が科《しな》を作った。

加納は笑い返し、エレベーターホールに足を向けた。東京に戻るつもりだ。

読みが外れたのか。

4

加納は長嘆息し、ブラックコーヒーを口に含んだ。いつもより苦く感じられた。

自宅の居間だ。仙台から戻ったのは四日前だった。加納は堂副総監直属の特務班に協力してもらって、首都圏の美容整形外科医院に小野寺春奈の顔写真を配った。

網を張ったわけだが、獲物は引っ掛かる気配はうかがえない。春奈は関東地方で整形手術を受けることを避け、どこか別の地方都市のクリニックに入院中なのか。

その可能性もある。美容整形外科医の医師会を通じて、春奈の顔写真を全国のクリニックに配ることを検討すべきかもしれない。

東京に舞い戻った翌日から、加納は小野寺春奈の実家に張りついてきた。しかし、春奈は生家に寄りつかなかった。義誠会の者に追われていると感じているのか。

加納は腕時計に目をやった。

間もなく午前十一時になる。無駄と知りつつ、きょうも春奈の実家の近くで張り込むつもりだ。

リビングソファから立ち上がりかけたとき、三原刑事部長から電話があった。

「松尾は葉山殺害について全面自供し、供述通りに泉ヶ岳の中腹の土中から半ば白骨化した遺体が見つかった」

「ええ、そういう話でしたね」

「宮城県警捜査一課から新情報が寄せられたんだよ。松尾はね、弟分の進藤泰士《しんどうやすし》という男に長瀬健を始末してくれそうなアウトローを見つけてくれと六月上旬に頼んでいたことがわかったんだ」

「それで?」

「松尾より五つ年下の進藤は元やくざや半グレの何人かに声をかけたらしいんだが、長瀬殺しを引き受けてくれる奴は見つからなかったそうだ。そのことを松尾に伝えると、進藤を役立たずと罵《ののし》って自分でネットの闇サイトで実行犯になってくれそうな人間を探すようになったらしい」

「実行犯は見つかったんでしょうか?」

「進藤は、そこまでは知らないと繰り返してるそうだ。松尾自身は、進藤が供述したことはでたらめだと怒ってるらしいんだが……」

「松尾は闇サイトで見つけた実行犯に長瀬記者を始末させたんでしょうか?」

加納は刑事部長に問いかけた。

「考えられないことじゃないな。松尾は、作業員の葉山繁樹を自分の手で始末してしまった。そのことを関東テレビの長瀬健に暴かれたら、それこそ一巻の終わりだ。しかし、二件も殺人を実行することにはためらいがあった。で、弟分の進藤に長瀬を片づけてくれる犯罪のプロを探させたんだろう」

「しかし、実行犯は見つからなかった。やむなく松尾は、自分で代理殺人を請け負ってくれる奴を見つけ出したんでしょうか。その実行犯は素人の犯行と思わせるため、わざと3Dプリンターで造られたプラスチック拳銃を凶器に選んだんですかね」

「そうなのかもしれないな。それはそうと、小野寺春奈は松尾が葉山を殺しただけではなく、長瀬健殺しにも関与してることを嗅ぎつけて、ボイス・チェンジャーを使い……」

「松尾を脅迫したんじゃないかってことですね？」

「そう考えれば、小野寺春奈が義誠会に何かされるかもしれないと怯えてたことの説明がつくじゃないか。おそらく春奈は松尾に脅迫電話をかけたとき、うっかり不用意なことを口走ってしまったんだろうね」

「具体的には、どのようなことを言ってしまったんでしょう？」

「春奈は、デリヘルの仕事をしてて葉山には信用されてたとでも言ったんじゃないだろうか。それから、関東テレビの長瀬記者はよく知ってるとも」

「そうなんでしょうか」

「松尾は堅気じゃない。その気になれば、デリヘル嬢のことは造作《ぞうさ》なく調べられるだろう。で、葉山がちょくちょく『シャイニングスター』の美咲を指名してたことを知った。加納君、そうだったんじゃないだろうか」

「刑事部長の筋の読み方が正しければ、義誠会は松尾が服役しても、小野寺春奈を葬《ほうむ》る気でいるんでしょうね」

「それは間違いないよ。『明和建工』は義誠会の企業舎弟《フロント》なんだ。支社長の松尾が防潮堤工事作業員たちを薬物中毒にさせて離職することを防いでたと世間に知れたら、それだけで公共事業の下請け業者から外されるだろう」

「ええ」

「松尾は、悪事をバラすと言った葉山を殺してしまった。さらに、関東テレビの社会部記者を犯罪のプロに射殺させた疑いもあるんだ。義誠会は何がなんでも、小野寺春奈の口を封じるつもりなんだろう。春奈は殺されたくないので、美容整形手術で顔の造作《ぞうさく》を変える気になったにちがいない」

「すぐに美容クリニックを訪ねないのは、義誠会の奴らに先回りされる恐れがあるんで、しばらく様子を見るつもりなんでしょうか」

「そういうことで、小野寺春奈はちょっと警戒してるんだろう。そのうち、必ず春奈はどこかの美容整形外科医院を訪れると思うね。春奈と接触できれば、松尾が長瀬殺しにも絡んでるかどうかはっきりするだろう」

「そうだといいんですが……」

「もどかしいだろうが、じっと待とう。加納君、焦《あせ》るなよ」

三原が先に電話を切った。

加納は数十分前にブランチを摂《と》っていた。単独捜査官の彼は特捜指令が下《くだ》されなければ、毎日が非番だった。登庁する必要はなかった。

そんなことで、基本的には一日二食だった。午前十時半から正午前までの間にブランチを済ませ、午後五時前後に軽く夕飯を食べる。ほとんど夜ごと梯子酒《はしござけ》をして、肴《さかな》を何品もオーダーする。

実質的には、一日三食と変わらない。加納は栄養のバランスも気にかけている。いわゆる健康オタクではなかったが、死んだ祖母の言いつけやアドバイスには従っていた。

加納は時間があれば、自炊もする。家庭料理は、たいがい作ることができる。肉じゃがは祖母直伝《じきでん》の味付けだった。

加納は自分で洗濯もこなす。シャツの皺《しわ》の伸ばし方は、中学生のときに祖母に教わった。

加納は庭木の手入れもしている。植木職人の世話になっているのは、年に一度きりだ。自己流で樹木の枝を払うと、どうしても見栄えが悪くなってしまう。そんなことで、プロの力を借りているわけだ。

ふだんは自分で芝を刈っている。鋏《はさみ》の使い方や枝葉の落とし方を伝授してくれたのは、無口な祖父だった。祖父が丹精を込めて育てていた盆栽は残念ながら、すべて枯らしてしまった。水を遣《や》り過ぎたようだ。加納は墓参りをするたびに、盆栽を駄目にしたことを詫びている。

加納は居間からダイニングキッチンに移り、手早く汚れたマグカップを洗った。戸締まりをして、玄関からカーポートに回る。

きょうも暑い。加納はランドローバーの運転席に入ると、冷房の設定温度を十七度まで下げた。

車内に涼気が回ってから、車を走らせはじめる。板橋区志村にある小野寺春奈の実家に着いたのは、およそ四十五分後だった。

いつものように数軒手前の石塀にランドローバーを寄せ、小野寺宅に目を注ぐ。春奈が生家に戻っている気配はうかがえなかった。

　加納は張り込みを開始した。

　小野寺宅の前に二十代前半の男が立ち止まったのは、午後二時過ぎだった。加納はパワーウインドーを下げた。

　若い男が表札を確かめてから、インターフォンを鳴らした。ややあって、スピーカーから中年女性の声で応答があった。

「どなたでしょう？」

「佐藤《さとう》という者ですが、春奈さんはいらっしゃいますか」

「あのう、どちらの佐藤さんでしょう？」

「関東テレビの者です。失礼ですが、春奈さんのお母さんですか」

「ええ、そうです。どういったご用件でしょう？」

「春奈さんは以前、番組制作会社のＡＤをされていて、関東テレビの『ニュースオムニバス』という番組で働いてましたでしょ？」

「ええ」

「わたしの上司が春奈さんの働きぶりを高く評価してまして、娘さんを関東テレビの契約ＡＤとして採用したがっているんですよ。それで、春奈さんの以前のスマホに電話したんですが、なぜか通じませんでした」

「娘はADを辞めたとき、スマホを替えたんですよ。で、番号が変わったんです。その前に交際してた男性と別れたりしたもんで、スマホを替えたの」

「そうなんですか。新しい番号を教えていただけませんか。上司が一日も早く春奈さんに『ニュースオムニバス』の番組スタッフとして戻ってほしいと願ってますので」

「ありがたいお話ですけど、新しいスマホにいくら電話をしても、娘は出ませんの」

「でも、春奈さんは実家から新しい職場に通われてるんでしょ？」

「いいえ。娘は、この家にはおりません。東北で福祉関係の仕事をすると言って出ていったんですよ。でも、住所は教えてくれませんでした」

「どういうことなんですかね」

　訪問者が訊いた。

「おそらく、娘は誇れないような仕事をしてるんでしょう。彼氏と別れてから塞《ふさ》ぎ込むことが多くなって、性格も暗くなってしまったんですよ。よっぽど辛いことがあったんでしょうけど、娘は何があったのか親に話してくれないの」

「そうなんですか。そういうことなら、娘さんの居所はわからないし、連絡も取れないわけですね」

「そうなんですよ」

「わかりました。その旨を上司に伝えます」

「せっかくいいお話を持ってきてくださったのに、ごめんなさいね」

春奈の母の声が熄《や》んだ。若い男が小野寺宅から離れる。

加納はランドローバーから急いで降り、佐藤と称した男の後を追った。気配で、相手が立ち止まる。

「何か？」

「小野寺さん宅を訪ねたよな。インターフォン越しの遣り取りは耳に入ってきたんだ。きみは関東テレビの局員なんだって？　佐藤さんだったな、確か」

「あのう、実は……」

「うろたえてるようだが、関東テレビの社員じゃないらしいな」

「失礼だけど、あなたは？」

「フリージャーナリストだよ。ある事件のことで、小野寺春奈さんに確かめたいことがあって所在を知りたいと思ってるんだ」

「そうですか。本当はぼく、関東テレビの者じゃないんです。佐藤という苗字は本当ですけどね。元ＡＤの春奈さんとは会ったこともありません。居酒屋でよく顔を合わせる知り合いに小野寺さんの居所を調べてくれないかと頼まれたんですよ」

「その知り合いは、もしかしたら、奥平和大という名では?」

加納は確かめた。

「そうです、そうです。よくご存じですね。奥平さんは一年数カ月前まで小野寺春奈さんと交際してたらしいんですよ。ちょっとした感情の行き違いからぶつかって、別れ話を切り出されたんだそうです。でも、奥平さんのほうに未練があって、何度もやり直そうと頼み込んだみたいですね。だけど、小野寺さんのほうは去っていってしまったらしいんです」

「奥平という男はプライドを傷つけられたと感じたようで、かつての交際女性を卑劣な方法で貶《おとし》めたんだ」

「そうなんですか。そのことは知りませんでした。でも、奥平さんは小野寺さんとよりを戻したくて、話し合いのチャンスを得たいんですって。それで、ぼくに十万円の謝礼を払うから、小野寺さんの居所を調べてほしいと言ったんです。ぼく、フリーターなんですよ。だから、十万円の臨時収入はありがたいと思ったので……」

「奥平は、なんで自分で元彼女の居所を突きとめようとしないのかな」

「勤めてるIT企業はリストラで社員をだいぶ減らしたみたいで、連日遅くまで残業をやらされてると言ってました。それだから、自分で動くことができないんでしょう」

「小野寺春奈さんの元彼氏は、単によりを戻したいと思ってるだけなんだろうか」

「そうだと思いますよ。ほかにどんなことが考えられます？」

　佐藤が訊いた。

「具体的なことは教えられないが、小野寺春奈さんは奥平和大にひどい目に遭わされたんだ。転職せざるを得なくなった春奈さんは理不尽な思いをさせられたんで、何か報復をしかけたんじゃないだろうか」

「ひどい目に遭わされたら、何か仕返しをする気になっても不思議じゃありませんよね？」

「そうだな。といっても、女が手荒な仕返しはできない」

「ええ。でも、私刑屋《リンチや》と称して復讐の代行を請け負ってる売れない白人男性モデルたちが六本木で割に稼いでいるって話を聞いたことがあります。そういった連中に奥平さんを痛めつけてもらったのかもしれませんよ」

「奥平はリンチされっ放しでは癪《しやく》なんで、春奈さんの居所がわかったら、決着《オトシマエ》をつけさせる気でいる？」

「そういうことも考えられるでしょ？　奥平さんは、執念深い性格みたいだから。悔しい思いをしたら、そこまでやりそうだな。ええ、きっとそうにちがいありません。単によりを戻したいんだったら、もっと早い時期に元カノに許しを乞うはずですから」

「きみは、謝礼を前払いしてもらったのか？」

「三万円だけ着手金として受け取りました。残りの七万円は、小野寺さんの居所を突きとめてから貰うことになってるんです。でも、奥平さんが荒っぽい仕返しを考えてるとしたら、ぼく、共犯者にさせられそうだな」

「場合によっては、そういうことになるかもしれないぞ」

「面倒なことに巻き込まれるのはご免だな。着手金の三万はまだ遣《つか》ってないから、頼まれたことを断るべきでしょうか？」

「そのほうが賢明かもしれないな。引き留めて悪かったね」

加納は踵《きびす》を返し、ランドローバーを駐《と》めた場所に引き返した。運転席に乗り込んで、私物のスマートフォンを使って女強請屋の恵利香に連絡をとる。ツーコールで電話が繋がった。

「そっちは裏ビジネスに精《くわ》しいから、ちょっと教えてほしいんだ」

「情報料、高いわよ。嘘、嘘！　何が知りたいの？」

「六本木で私刑屋《リンチや》稼業で荒稼ぎしてる白人の男性モデルたちがいるんだって？　その話は

事実なのか？」

「ええ、確かにいたわね。その連中は依頼人の女たちに法外な謝礼を要求したり、輪姦してたのよ。それで被害女性に頼まれた半グレ集団に金属バットでめった打ちにされて、五カ月ぐらい前に廃業したはずだけど」

「そうなのか」

「いま扱ってる事案《じあん》と何か関係があるの？」

恵利香が問いかけてきた。加納は、自称フリーターの佐藤と交わした遣り取りを手短に語った。

「小野寺春奈は奥平って奴に裸の映像をネット上に流されて、番組制作会社を辞めざるを得なくなったのよね？」

「そうなんだ」

「デリヘル嬢まで落ちぶれさせられたんだから、彼女の怒りは半端じゃないはずよ。私刑《リンチ》屋《や》グループに憎い男をぶっ飛ばしてもらうだけじゃ、とても気は済まないはずだわ」

「どんな仕返しをすると思う？」

「捨て身になった女は勁《つよ》いの。彼女は自分を貶めた奥平って男の人生も台なしにしてやろうと考えるんじゃないかしら？」

「そうなんだろうか」

「仲睦まじかったころ、二人は情事のシーンを動画撮影してたんじゃないのかな。現に彼女のほうは、自分の全裸の映像を奥平って男に撮らせてたわけでしょ？　彼氏が口唇愛撫に耽ってるとこを彼女がスマホで動画撮影したとも考えられるわね」

「そうだな」

「そういう恥ずかしい動画を使って奥平を不幸にすることは可能でしょ？　職場にそういう映像をばらまくだけでも、男にダメージは与えられるわ。そこまでやらなくても、そういう淫《みだ》らな映像をちらつかせれば、相手からお金を奪うこともできる。それから、自分の代わりに犯罪をやらせることも可能でしょうね」

「女は怕《こわ》いな」

「そうよ。女好きの加納さんも油断してると、とんでもない目に遭うから。少し気をつけたほうがいいんじゃない？」

「そうしよう」

「話が脱線しかけてるけど、小野寺春奈は復讐《リベンジ》ポルノの犠牲にされたんで、奥平を信じられないような窮地に追い込んだのかもしれないわよ」

「そうなのかな」

「彼女は整形でルックスを変えて生き直したいと考えてるんじゃないのかしら？」

恵利香が言った。勘が鋭い。加納は舌を巻いた。

「そう考えても不思議じゃないな」

「マスクを大幅に変えようと思ったら、一千万以上の費用はかかると思うわ。小野寺春奈は情事の動画を切札にして、詫び料として整形手術の費用をそっくり奥平に負担させようとしたんじゃない？　自分の力でお金を工面《くめん》できなかったら、強盗でも恐喝でも何でもやれと脅迫したとは考えられないかしら」

「捨て身になった女は、そこまで開き直るかもしれないな。奥平は相手の言いなりになってたら、身の破滅と焦ったんだろうか」

「ええ、そうなんでしょうね。で、逆襲する気になったんでしょう。だけど、自分自身が小野寺春奈の居所を捜し回ったら、後々、まずいことになる。それだから、フリーターだという佐藤という奴に十万円の謝礼で……」

恵利香は、みなまで言わなかった。

「春奈の居所を突きとめさせる気になったわけか」

「そうなんじゃないかな。彼女が何がなんでも整形手術費用を奥平に出させる気でいるかどうかはわからないけど、何か無理難題を吹っかけたのよ。だから、奥平は必死になって昔の彼女の居場所を見つけようとしてるんだと思うわ」

「そっちの推測は、あながち的外《まとはず》れじゃなさそうだな。それなりに説得力があったよ。ヒントをくれて、サンキューな。そのうち、うまい酒と飯を奢《おご》るよ」

加納は通話を切り上げ、張り込みを再開した。

第三章　企業舎弟の弱点

1

なんの動きもない。

このまま張り込みつづけていいのだろうか。いたずらにタイムロスを重ねるのは愚かなことだ。

加納はステアリングを抱え込んだ。

午後四時半近い。奥平和大の勤め先に回って、小野寺春奈に何か仕返しをされたかどうか探りを入れるべきか。しかし、奥平に空とぼけられるかもしれない。

加納は決断がつかなかった。

唸って背凭《せもた》れに上体を預ける。その直後、懐で刑事用携帯電話《ポリスモード》が着信音を発した。加納はポリスモードを摑み出した。

ディスプレイを見る。発信者は堂副総監だった。

「三原刑事部長から報告が上がってるが、きょうも小野寺春奈の実家に張りついてるんだな？」

「ええ。しかし、対象者《マルタイ》が実家に近づく気配はうかがえないんですよ」

「小野寺春奈が仙台を離れてから首都圏に戻ったという推測は、間違ってないと思うんだがね。春奈は、義誠会の者が実家のそばで待ち伏せしてるかもしれないと警戒してるんだろうか」

「あるいは、元彼氏の奥平和大の逆襲を怖れてるんでしょうね」

「奥平の逆襲？　どういうことなのかな。加納君、説明してくれないか」

「はい」

加納は、フリーターの佐藤から聞いた話を詳しく話した。

「小野寺春奈は恥ずかしい映像で自分を貶《おとし》めた元彼氏に何らかの形で詫びろと迫ったのかもしれないというわけか」

「考えられないことではないと思うんですよ。人生をリセットするのに必要な整形手術の費用を出せと春奈は奥平に要求したんじゃないですか」

「そうなのかな。顔の造作を大きく変えるとなると、五百万、いや、一千万円の手術費用がかかるかもしれないぞ。なにしろ健康保険が使えない手術だからね」

「ええ。おそらく一千万円前後の手術代は必要でしょう。奥平はＩＴ企業で働いてて給与は悪くないと思いますが、まだ三十二歳です。それほど貯えがあるとは考えにくいですね」

「そうだな」

「春奈は奥平に強盗でも恐喝でも働いて、詫び料を都合しろと脅迫したんではありませんかね。要求を無視した場合は、交際中に自撮《じど》りした情事の動画を職場に流すとか言って」

「それで奥平は反撃する気になったとも考えられるな。元彼氏は春奈を見つけ出したら、殺害する気でいるんだろうか」

「そこまでは考えていないと思いますよ。春奈にたっぷりと恐怖を味わわせて、二度と脅迫できないようにする気なんでしょう」

「そうなのかな。脅迫者が男なら、殺害も考えそうだが、相手は女性だからね。殺したりはしないだろう」

「ええ。副総監、何か自分に指示したいことがおありだったのではありませんか？」

「実は、そうなんだ。わたしの直属の特務班が気になる新情報を摑んだんだよ」

堂が声のトーンを変えた。

「どんな新情報なんです？」

「長瀬記者の奥さんの実弟の菊川慎吾《きくかわしんご》、二十九歳は売れないアクション俳優なんだが、大学生のころに昭和三十年代製造の金属製モデルガンを改造して書類送検されてたんだよ。その改造銃は殺傷力があるってことで、銃刀法違反で検挙されたんだ」

「被害者《マルガイ》の義弟が六月の射殺事件に関わっていそうなんですか」

「それはどうかわからないんだが、特務班のメンバーの話が妙に気になるんだよ。で、加納君に直《じか》に電話してみることにしたんだ。刑事部長には一笑に付されてしまうかもしれないと思ったんでね」

「どんな点が気になられたんです？」

「菊川慎吾は大学を卒業して俳優になったんだ。その時分はまだＶシネマが製作されてたんで、それなりに収入はあったみたいだな。しかし、Ｖシネマが下火になると、仕事が激減したようなんだ」

「でしょうね」

「年に何度かテレビのサスペンスドラマの端役《はやく》は得られたようだが、スタントショーに出ることが多くなったらしい。年収も百五、六十万円だったんで、義兄にちょくちょく生活費を借りてたようだな」

「その程度の収入では、生活ができないでしょう？」

「だと思うよ。だから、菊川は消費者金融からも借金しながら、なんとか生活してたらしい。長瀬は妻の実弟の行く末のことを考えて、何年か俳優業を休んで別の仕事で定収入を得るようにしてはどうかとアドバイスしたようなんだ」

「長瀬健の義弟はアドバイスに従わなかったんですね？」

「そうなんだ。自分は売れてないが、年収百五、六十万円はあるんだから、プロの役者なんだと言い張ったらしい。プライドを傷つけられたんだろうね。そういうことがあって、菊川慎吾は義兄を遠ざけるようになったそうだ」

「長瀬華澄は、弟のことをどう考えてたんでしょう？」

「夫の言い分に異論は唱《とな》えなかったものの、実弟を庇《かば》う気持ちが強かったんだろうね。自由業の場合は夢を持ちつづけることが何よりも大事なんではないかと夫に言ったようなんだ」

「華澄の言う通りなんですが、芸能人や各種のクリエイターたちは従事してる仕事で生計を立てられなければ、厳密にはまだプロとは言えません。セミプロなら、二足の草鞋《わらじ》を履《は》くべきでしょうね」

「それが生活の知恵だろうな。しかし、菊川慎吾は自尊心が強いようで、決してアルバイトはしなかったみたいなんだ。姉が喰うや喰わずの弟を哀《あわ》れんで、こっそり生活費を渡してたらしい」

「テレビ局の社員たちは高い給料を貰ってるから、華澄も夫に内緒で実弟に生活費を回せたんでしょう」

「そうなんだろうが、そのことを夫に知られてしまったんだよ。長瀬健は妻が弟を甘やかすことはよくないと叱り、義弟に貸した金は返済しなくてもいいから、経済的に自立できるまで出入り禁止を言い渡したらしい」

「華澄の反応はどうだったんです？」

「弟思いの華澄は夫のドライぶりを詰《なじ》り、離婚してもいいと口走ったそうだよ」

「これまでの捜査では、そういうことはまったく把握《はあく》されてませんでしたよね？」

「そうなんだ。離婚に発展したわけじゃないんで、華澄は事情聴取の際《さい》にその件は黙ってたんだろう」

「その後、菊川慎吾は姉夫婦の自宅には近づかなくなったんでしょうか？」

「ああ、そうみたいだな。しかし、華澄は弟のことが心配で、こっそり様子を見に行ってたようだ。そのとき、華澄は弟にへ、そ、く、りをそっと渡してたんじゃないのかな。頑にバイトをしないんだったら、役者としての収入ではとても喰っていけないはずだから」

「そうでしょうね」

「これから話すことは、まだ裏付《ウラ》けが取れた事柄じゃないんだ。特務班のメンバーが菊川慎吾のブログをチェックしたら、アメリカの大学生が3Dプリンターで拳銃の製造の仕方を公開してるが、その情報は正しかったと書き込んでたらしいんだ。菊川は3Dプリンターを購入して、密かにプラスチック拳銃を造ったんじゃないだろうか」

「ブログの書き込みから察すると、そう考えられますね」

加納は言った。

「たいした収入のない菊川が最低七、八万円はする3Dプリンターを買った理由はなんだと思う？」

「菊川はガンマニアのようですから、3Dプリンターでプラスチック拳銃と実包をこしらえて、ネットで密かに売る気になったんではありませんか。ある程度の数を売れば、年間二、三百万円は稼げるでしょ？ そうした副収入があれば、俳優でいられます」

「加納君は、そう推測したか。わたしは、菊川慎吾が3Dプリンターで製造したプラスチック拳銃で義兄の長瀬健を殺害したのかもしれないと考えたんだ。リアリティーがないだろうか」

「それは、ちょっと……」

「考えられないかね？　菊川にとっては、義兄はうっとうしい存在だった。自分に夢ばかり追うなと苦言を呈し、姉に弟を甘やかすなと叱りつけた」

「そうですね」

「長瀬健がこの世から消えてくれたら、菊川はせいせいするだろう」

「しかし、実の姉の夫なんですよ。いくらなんでも、そこまでは憎しみを募《つの》らせたりしないのではないでしょう？」

「菊川は義兄にしばらく俳優業を休んだらと言われ、プライドがかなり傷ついたにちがいない。姉には悪いと思いながらも、怒りを爆発させてしまった可能性もあるんではないだろうか」

「そうなんでしょうか」

「少しの間、張り込みを中断して、長瀬華澄と菊川慎吾をマークしてみてくれないか。菊川の顔写真と個人情報は、すぐにメールで送信するよ」

堂副総監が通話を切り上げた。少し待つと、メールが送信されてきた。

菊川慎吾はハンサムだった。目許《めもと》が姉の華澄とよく似ている。自宅マンションは、世田谷区北沢《きたざわ》にあった。

加納はランドローバーを杉並区に向けた。

長瀬の自宅マンションに着いたのは、四十数分後だった。未亡人の華澄は外出しているようだ。集合インターフォンを鳴らしても、なんの応答もなかった。

加納は車の中で待ってみた。スーパーマーケットのビニール袋を提《さ》げた長瀬華澄が帰宅したのは、午後六時過ぎだった。

加納は車を降り、マンションの前で華澄に声をかけた。

「買物に行かれてたんですね」

「ええ。犯人、捕まったんでしょうか?」

「いいえ、そうじゃないんですよ。あなたの弟さんのことで、少し確認させてほしいことがあるんです」

「慎吾が何か?」

華澄が緊張した顔つきになった。

「弟さんは俳優をやられてるそうですね」

「ええ、まあ。知名度は低いですけど、一応、男優です」

「たいしたもんだ」

「まだ売れてませんから、貧乏してるようですけど」

「そのうちブレイクするでしょう。ところで、慎吾さんはガンマニアだそうですね。大学生のころに、改造銃の件で書類送検されましたでしょ？」

「そのことでは充分に反省してると思います。当時はあまり罪の意識はなかったようですが、検挙されて事の重大さに気づいたようです。そのことが何か？」

「他意はないんです。ちょっと確認させてもらっただけですよ」

「そうですか」

「若いころに少しやんちゃだった方が芸能界では大成してるようです。いまに弟さんも大化けしそうですね」

「そうだと、嬉しいのですけど」

「ほかの捜査員の情報によりますと、亡くなられた長瀬さんはあなたの弟さんが俳優一本で勝負するのは難しいと考えてたようですね。慎吾さんに一定期間、俳優業を休んだらと助言されたとか？　それは事実なんでしょうか」

「ええ。そのころ、弟の年収は百五、六十万円でしたんでね。慎吾がカップ麺《めん》ばかり啜《すす》ってる暮らしを長くつづけてたら、体を壊すから、まずは生活を安定させろと……」

「でも、弟さんは厳しい生活に耐えながらでも、自分の夢を追いかけたいと考えてたんですね？」

「そうです。もう少し辛抱すれば、芽が出ると確信してたようですから。それに、プロの役者だという自負もあったんで、生活費を得るためのアルバイトはしたくないと……」

「しかし、現実には俳優の収入だけでは生活できなかったんでしょう？　それで、ご主人から借金したり、消費者金融の世話にもなってたようですね」

「そんなことまで調べたんですか⁉」

「あなたは、ご主人に内緒で弟さんにこっそり生活費を渡してたんでしょう？」

「ええ、たまに」

「そのことが夫婦喧嘩の因《もと》になったりしませんでした？」

「そういうことはありませんでした。夫は慎吾の将来のことを心配して、いったん俳優業を休んだらとアドバイスしましたが、金銭的には決してケチではありませんでした」

「長瀬さんは慎吾さんの生き方に危《あや》うさを感じて、言いにくいことを言ったんでしょう。しかし、慎吾さんは自尊心が傷ついたんじゃないのかな。そんなことで、我を張ることになった。その結果、長瀬さんとは気まずくなった。長瀬さんは経済的に自立するまで出入り禁止を言い渡したみたいですね？」

「ええ、まあ」

「それ以来、慎吾さんは長瀬さんに近づかなくなったんでしょう？」

「あんな言われ方をしたら、弟のプライドはずたずただったと思います」

「あなたは慎吾さんの暮らしが心配になって、以前と同じように長瀬さんに覚《さと》られないようにしながら、へそくりを渡してたんではありませんか？」

「ええ、何回か渡しました。でも、弟は知り合いが主宰している児童劇団で演技指導のアルバイトを見つけたからといって、わたしの援助を断るようになったんです」

「それは、いつごろの話なんですか？」

加納は訊いた。

「七カ月ほど前だったと思います。それからは援助してません」

「そうですか。別の刑事が聞き込んだらしいんですが、弟さん、３Ｄプリンターを購入したようですね？」

「３Ｄプリンターですか⁉　慎吾がそんな物を買ったなんて知りませんでした。仕事に役立つ物とは思えないわね。慎吾は、なぜ３Ｄプリンターを買ったんでしょう？」

「慎吾さんは、いまでもモデルガンを買い集めてるんですか？」

「下北沢の自宅マンションには、お気に入りのモデルガンを何挺か飾ってありますが、買い増してる様子はうかがえませんね」

「そうですか。ご存じでしょうが、３Ｄプリンターでプラスチック拳銃を製造できるんですよ」

「そのことは知っています」

「あなたのご主人は、３Dプリンターで造られたコルト・ディフェンダーで射殺されました」

「ま、待ってください。まさか弟が３Dプリンターを買ったのは、手製のプラスチック拳銃を得たかったからとおっしゃるんじゃないでしょうねっ」

華澄が険《けわ》しい表情になった。

「そこまで言うつもりはありません。根拠もないのに、そんなふうに疑ったら、人権問題になりますので」

「そうですよ」

「ですが、そんなふうに勘繰られても仕方ないんではありませんか。慎吾さんは学生のころ、モデルガンを改造して検挙されてますからね」

「だからといって、弟が義兄である夫をプラスチック拳銃で射殺したと疑うなんて無礼ですよ」

「確かに礼を欠《か》いてますね。刑事はなんでも疑ってみるという悪い習性があるんです。勘弁してください」

「慎吾は、弟は夫の事件にはまったく関わっていません。長瀬が殺された夜、弟は我が家の近くの児童公園にいました。わたしが一緒でした。弟は出禁中でしたが、わたしの顔を見に来たんですよ」

「そのことを奥さん以外に証明できる方はいます？」

「いません。公園には、わたしたち姉弟《きょうだい》しかいなかったんです。ほかには誰もいませんでした」

「ご存じでしょうが、血縁者の証言を捜査機関は鵜呑《うの》みにはしないようにしてるんですよ。その気になれば、身内同士はいかようにも口裏を合わせることができますのでね」

「そうかもしれませんけど、最初っから疑ってかかるなんてひどいわ。弟と夫は価値観は違ってましたけど、犬猿の仲だったわけじゃありません。慎吾は、わたしが健さんをかけがえのない男性《ひと》だと大切にしてたことを知ってます。弟は、姉思いなんですよ。わたしを悲しませることなどするわけありません。ええ、断言できます」

「ちなみに、弟さんと何時ごろ公園で落ち合ったんです？」

「午後九時少し前でした。ベンチに腰かけて、しばらく話し込みました」

「慎吾さんと別れたのは？」

加納は矢継《やつ》ぎ早《ばや》に訊いた。

「午後十時数分前だったと思います」

「長瀬さんの死亡推定時刻は、六月十二日の午後十時から二十五分の間とされた。ここから、事件現場まで徒歩で六、七分でしょうね」

「だから、なんだとおっしゃりたいんです？」

「意地の悪い見方をすれば、時間的には弟さんを疑うことはできます」

「弟は何も持ってませんでしたよ」

「凶器のプラスチック拳銃は、この近くの繁みの中に隠してたのかもしれない。いやらしい見方をすれば、そう疑うこともできます」

「失礼にも、ほどがあります。不愉快だわ。これ以上、あなたと喋りたくありません。帰らせてもらいます」

華澄が背を向けた。一度も振り返ることなくマンションの中に消えた。

揺さぶり方が乱暴だったたか。次は菊川慎吾に鎌をかけてみることにした。

加納はランドローバーに走り寄った。

2

三階建ての低層マンションだった。

菊川慎吾の自宅は、世田谷区北沢三丁目の裏通りに面していた。夕闇が濃い。

加納は『北沢コーポラス』のアプローチをたどり、集合郵便受けに近づいた。堂副総監に教えられた通りだった。菊川の部屋は三〇一号室だ。

加納は三階に上がった。三方には、民家や雑居ビルが迫っている。下北沢駅に近いが、陽当たりは悪そうだ。

加納は三〇一号室に耳を近づけた。

室内はひっそりと静まり返っている。電灯も点いていない。売れない俳優は出かけているようだ。

加納は階段を駆け降り、路上に駐《と》めてあるランドローバーに乗り込んだ。華澄は、弟が生活費の不足分を児童劇団で演技指導して補っていると語っていた。それは事実なのだろうか。

加納はドア・ポケットからノートパソコンを引き抜き、都内にある児童劇団を検索した。各劇団の所在地と電話番号がディスプレイに並んだ。

加納は演劇関係者を装って、片っ端から問い合わせの電話をかけた。

だが、菊川慎吾に演技指導をさせている児童劇団はなかった。神奈川、千葉、埼玉県内にある児童劇団にも電話をかけてみた。しかし、結果は同じだった。

長瀬健の義弟は、いったい何で副収入を得ているのか。３Ｄプリンターを買ったことが確かなら、やはりプラスチック拳銃と実包を製造し、密売しているのかもしれない。

午後七時になっても、菊川は帰宅しなかった。テレビドラマ出演のオファーがあって、ロケ地にいるのだろうか。

加納は静かに車を降り、『北沢コーポラス』の敷地に入った。

三階に上がり、あたりを見回す。誰もいない。加納は両手に布手袋を嵌《は》め、上着の胸ポケットからピッキング道具を抓《つま》み出した。

一本ではなく、二本だった。片方は編み棒に似た形で、もう片方は平たくて薄い。

加納は鍵穴に二本の金属を挿《さ》し入れ、手首を捻《ひね》った。すると、造作なく内錠が外れた。

加納はピッキング道具を上着の胸ポケットに戻し、ふたたび周《まわ》りに目を配った。他人の視線を感じることはなかった。

加納はアイボリーの扉を細く開け、三〇一号室に忍び込んだ。明らかに違法捜査だ。後ろめたさを覚えながら、手早く鍵を掛ける。

加納はペンライトで足許を照らしながら、靴を脱いだ。室内は暑かった。粘りつくような温気《うんき》が澱《よど》んでいる。

加納は玄関マットを踏んだ。

ペンライトを左右に振る。間取りは1DKだ。ダイニングキッチンは四畳半ほどの広さだった。小振りなダイニングテーブルが置かれている。椅子は二脚だった。

加納は奥の居室《きょしつ》に進んだ。

八畳ほどのスペースで、左側にベッドとCDコンポが据《す》えられている。反対側の壁際にはパソコンと3Dプリンターが並んでいた。

3Dプリンターの脇には、樹脂製紐の巻かれたコイルが三つ積み上げてある。

壁面の飾り棚には、二十挺近いモデルガンが見える。リボルバーよりも自動拳銃の数のほうが多い。

パソコンデスクの下には、段ボール箱があった。箱の中には、プラスチック拳銃が詰まっていた。グロック、ベレッタ、コルト・ディフェンダー、ワルサー、S&Wとさまざまだ。

段ボール箱の横には、クッキーの空き缶があった。中身は手製の実包だった。空き缶の後ろには、散弾の入った木箱が見える。近くに工具もあった。猟銃の火薬を使って実弾を造っているのだろう。

加納はUSBメモリーをセットして、パソコンを起動させた。

菊川がモデルガンの個人売買を装って、3Dプリンターで製造した各種のプラスチック拳銃をネットで密売していることはほぼ間違いないだろう。手作りの実包については〝模擬弾〟と表されている。売り手と買い手にしかわからないような暗号めいた言葉もちりばめられていた。

プラスチック拳銃の値段は五万円から十万円だった。実包は一発二千円だ。品物は宅配便で客に届けられているようだった。顧客リストは見当たらない。

加納は、引き抜いたUSBメモリーを上着のポケットに滑り込ませた。三〇一号室を出て、施錠する。

加納は低層マンションを出て、ランドローバーの運転席に腰を沈めた。

菊川慎吾が3Dプリンターで造ったプラスチック拳銃と手製の実包を密売し、副収入を得ていたことは疑いようがない。売り渡したプラスチック拳銃に殺傷力があれば、銃刀法違反だ。

売れない役者は、どれほどの副収入を得ていたのか。

おおよその見当はつくが、違法ビジネスを長くつづけるわけにはいかないだろう。菊川は、そのうち危ない副業は辞める気でいるのかもしれない。

加納はそう思いながら、煙草に火を点けた。

半分ほど喫《す》ったとき、三原刑事部長から電話がかかってきた。

「堂副総監が張り込みを中断させたという話を聞いたよ」

「刑事部長にそのことを報告しようと思っていたのですが、連絡が遅くなってしまいました。すみませんでした」

「いいんだよ、気にしないでくれ。わたしに気を遣《つか》ってくれたんだろうが、副総監の指示を優先させるのは当然さ。それで、何か収穫はあったのかな」

「ええ、少し」

加納は菊川の部屋で発見した物について詳しく話した。

「菊川が3Dプリンターで製造したプラスチック拳銃をネットで密売して、足りない生活費を補ってたことは間違いないだろうな。関東テレビの長瀬記者は義弟の違法ビジネスのことを知って、強く咎《とが》めたんだろうか。菊川はそのことに腹を立てて……」

「姉貴の旦那をプラスチック拳銃で撃ち殺してしまった？」

「ひょっとしたら、そうだったのかもしれないぞ。というのは、捜査本部の担当管理官から新情報を摑んだという報告が上がってきたんだよ。七カ月前、長瀬華澄は夫に掛けてた生命保険金を五千万円から八千万円に増額してたらしいんだ」

「旦那に相談することもなく、奥さんが独断で増額したんですか？」

「そう。担当管理官が生命保険会社の顧客調査部の者に直《じか》に確かめたそうだから、間違いないだろう」

「ええ」

「長瀬華澄は夫が亡くなって三週間後に生命保険金の請求をしたらしいんだが、顧客調査部は請求時期が少し早いんで、受取人の妻が七カ月前に保険金を三千万円も増やしたことを不審に思いはじめたようなんだ。それで、そのことを捜査本部に連絡してきたというんだよ。納骨が済んでから、生命保険金を請求することが多いそうだ。保険会社は生命保険金目的の計画的な殺人かもしれないと疑い、調査に乗り出したらしいんだよ」

「長瀬華澄に怪しい点はあったんですか？」

「特に不審な点はなかったとかで、近く八千万円の保険金を受取人の指定口座に振り込む予定になっているそうだ。ただ、ベテランの社員がどうもすっきりしないと言ってるんで、七カ月前に受取人が保険金を三千万円増額した事実を警察に知らせることにしたというんだよ」

「夫に内緒で妻が勝手に生命保険金を増やせるんですかね？」

「新規の契約書には長瀬健の実印が捺《お》されてたので、書類は受理されたんだそうだ。本当は当人が署名捺印しなけりゃならないんだろうが、時には審査が甘くなるんだろうな」

「夫は病死ではなく、殺害されたんです。妻が三週間後に生命保険金を請求するのは、ちょっと早すぎますね。ドライすぎる気がします。七カ月前に三千万円増額したという事実も引っかかります」

「顧客調査部の古参社員も、そう言ってるらしいよ。それから、調査員は近所の人たちの証言にも引っかかっているそうだ。長瀬華澄は亡夫の生命保険金が下りたら、弟と一緒に飲食店でも開くつもりだと洩らしたようだな」

「そうですか」

「弟と共同経営する予定だという話は、確かに引っかかるね」

三原が言った。

「ええ、そうでしょう？」

「弟の菊川慎吾は売れない役者で、違法ビジネスで副収入を得てるようだ。姉と弟が共謀して、長瀬健を殺害したと疑えないこともないな。そうだったとすれば、生命保険金目当ての計画的な殺人ということになるじゃないか」

「そうだったんですかね」

「捜査本部は菊川のアリバイ調べはやってなかった気がするな」

「ええ、捜査資料には菊川のアリバイ調べをやったとは記載されてませんでしたね。ですが、華澄の証言では事件当夜、菊川は長瀬宅の近くの児童公園にいたとのことでした。ただ、アリバイが立証されたわけではないんですよ。菊川は午後十時前に姉と別れたらしいんです」

「事件現場は近かったな。菊川慎吾が姉さんとつるんで義兄を射殺した疑いもあるんじゃないのか？」

「そうですね」

「担当管理官に事件当夜の防犯カメラの映像を改めてチェックさせよう。保存してある録画に菊川が映ってるかもしれないからな」

「お願いします。こっちは菊川が帰宅したら、くすねたＵＳＢメモリーを切札にして追い込んでみますよ」

　加納は電話を切った。

　数十分後、前方から菊川慎吾がやってきた。麻の白いジャケットを黒いシャツの上に羽《は》織《お》っている。下は細いジーンズだ。

加納はサングラスで目許を隠してから、車を降りた。大股で歩き、菊川の前に立ちはだかる。

「なんだよ、おれに喧嘩売る気かっ。なら、相手になってやらあ」

菊川が身構えた。

「売れない役者はエネルギーを持て余してるようだな」

「てめえ、誰なんだよっ」

「堅気が違法ビジネスをやっちゃ、まずいだろうが！」

「なんの話をしてるんだ⁉」

「ばっくれるなって。そっちが3Dプリンターでプラスチック拳銃をこさえて、ネットで売り捌《さば》いてることはわかってるんだ。手製の実包も売ってるよな？」

「そんなことしてねえぞ、おれは」

「こいつに見覚えがあるな？」

加納は上着のポケットから、USBメモリーを取り出した。

「そ、それは……」

「そっちの部屋にあったUSBメモリーだよ。プラスチック拳銃と銃弾を売ってることを立証するメモリーってわけだ」

「てめえ、おれの部屋に忍び込んだんだなっ」

「そういうことだ。住居侵入罪でおれを警察に突き出してもいいぜ。危《ヤバ》い副業をしてるんで、そんなことはできないだろうがな」

「てめえは他人《ひと》の部屋に無断で入るんだから、まともな人間じゃないな。そのメモリーを買い取れってわけか」

「そんなケチなことは言わない。3Dプリンターで造ったプラスチック拳銃をネットで密売してることを警察に密告《チク》られたくなかったら、おれの頼みを引き受けるんだな」

「頼みって何だよ？」

「おれはある男に騙《だま》されて、負債を抱えることになったんだ。そいつを殺《や》ってほしいんだよ」

「無茶言うなって。おれは俳優だぞ。殺し屋じゃない」

「わかってるよ。けど、そっちは六月十二日の夜、義兄の長瀬健をプラスチック拳銃で撃ち殺したんだろ？　違うかい？」

「なんで姉貴の旦那のことを知ってんだ!?　いったい何者なんだよ？」

　菊川が薄気味悪がった。

「おれは、そっちが危《ヤバ》い内職をしてるって情報をキャッチしてからマークしてたんだよ。

そっちだけじゃなく、姉貴の長瀬華澄のこともな。おれの頼みを聞いてくれたら、そっちが姉貴とつるんで関東テレビの社会部記者を殺《や》ったことは誰にも喋らないよ。約束する」

加納は鎌をかけつづけた。

「おれが義理の兄貴を殺したんじゃないかって？　ばかも休み休み言えよ。姉貴は旦那に惚《ほ》れてたんだぜ。おれたちは二人だけの姉弟《きょうだい》なんだ。姉貴を泣かせるようなことをするわけないだろうが！」

「そっちは義兄にちょくちょく生活費を借りてた。役者として年に百五、六十万円しか稼げないんじゃ、まともに喰えないよな」

「そんなことまで、どうやって調べたんだ⁉」

「ま、いいじゃないか。義兄の長瀬健は一時《いちじ》役者業を休んで、まず生活を安定させるべきだと助言した。そっちはプロの俳優だという意識を持ってたから、そのアドバイスにいたく傷ついた。そうなんだろう？」

「義兄《あに》はおれの生き方がうわついてると感じたんだろうけど、確かに自尊心は傷ついたね」

「そっちは、義理の兄貴に偉そうなことを言わせないようにしたかったんだろう。で、3Dプリンターでプラスチック拳銃の製造を思いついた。大学生のころに密造銃の件で検挙されたガンマニアにとっては、それほど難しいことじゃなかった」

「そんなことまで知ってるんなら、警察関係者なんじゃないのか？」

「おれが刑事なら、最初に警察手帳を呈示《ていじ》するはずだ。それからな、サングラスをかけたままで職務質問する奴なんかいないだろう」

「それもそうか」

「そっちは違法ビジネスでそこそこの副収入を得られるようになって、義兄や消費者金融から金を借りなくても普通の暮らしはできるようになった。しかし、義兄にプライドを傷つけられた恨みは消えなかった」

「おれはそんなに執念深くないよ」

「黙って聞け！　プラスチック拳銃の密売で何年も稼げるわけじゃないと考え、そっちは義兄を殺して高額の生命保険金を手に入れようと姉貴を唆《そその》かしたんじゃないのか。姉さんはそっちをかわいがってたんで、結局、誘いに乗った。そして七カ月前、夫の生命保険金を五千万円から八千万円に勝手にアップした」

「わかったぞ。おたく、生保会社の顧客調査部の人間なんだな。姉貴、なかなか保険金が下りないと言ってた。図星だろ？」

「外れだ」

「じゃあ、何屋なんだよっ」

「一匹狼の遊び人さ」

「ふざけやがって」

菊川が舌打ちした。

「生保会社は保険金目当ての計画殺人の疑いがあると判断して、八千万円の支払いを引き延ばしつづけたんだろう」

「えっ、そうだったのか」

「そっちの姉さんは、近所の人たちに亡くなった夫の生命保険金が下りたら、弟と一緒に飲食店でもやるつもりだと言ってたそうだぜ」

「そういうことになってたのは本当の話だよ。恵比寿で姉貴とダイニングバーを開く予定で、手頃な物件を探しはじめてる」

「やっぱり、そうだったか」

「待てよ、待ってくれ！　おれは姉貴の今後の生活のことと自分の将来のことを考えて、二人で力を併《あわ》せて何か商売をしたほうがいいと思ったんだよ」

「きれいごとを言うなって。姉さんは夫の死亡退職金と生命保険金を年に五百万円ずつ遣っても、二十年近く暮らせていける。そっちは自分の生活を安定させたくて、姉さんにダイニングバーを共同経営しようって話を持ちかけたんだろうが?」

「本当は姉貴がおれの仕事は収入が不安定だからって、共同で飲食店をやらないかって言ってくれたんだ」

「そっちは事業資金なんか準備できないよな? 資金は姉さんがそっくり出すことになってるわけか」

「いや、おれは三百万円出資することになってる」

「そんなに貯えがあったのか。プラスチック拳銃のネット密売で、かなり荒稼ぎしたようだな」

「薄利多売で3Dプリンターをフル駆動させたんだよ。あっ、いけねえ!」

「ついにボロを出したか。四、五百万は稼いだみたいだな」

「ノーコメントだ。プラスチック拳銃を売ったことは認めるよ。でもな、おれは義兄を殺してなんかない。姉貴だって、射殺事件にはタッチしてないって」

「本当だなっ」

「ああ、嘘じゃない。だから、てめえの言いなりにはならないぞ」

「六月十二日の事件に絡んでないとしても、そっちはおれに逆《さか》らえないだろう。場合によっては、USBメモリーを警察に渡すことになるぞ」

加納はＵＳＢメモリーを上着のポケットに突っ込んだ。

そのとき、菊川が懐から万年筆のような物を取り出した。よく見ると、ペン型の特殊護身銃だった。

「撃たれたくなかったら、おれのＵＳＢメモリーを返すんだな」

「ガンマニア手製のペンガンらしいな。どうせ弾《たま》は一発しか詰められないんだろう。こっちの急所を正確に撃たないと、ＵＳＢメモリーは取り戻せないな」

「なんでビビらないんだ⁉」

「銃口を向けられたことは一度や二度じゃないんだよ」

「てめえ、本当に何者なんだ？　本当は捜査関係者じゃないのか。そうだとしても、おれは撃つぞ。そのＵＳＢメモリーを回収しないと、手が後ろに回っちゃうからね」

菊川がペンガンの下部のレバーに人差し指を巻きつけた。それが引き金《トリガー》だった。トリガーガードはなかった。

加納は退《さ》がると見せて、前に踏みだした。

虚《きょ》を衝《つ》かれた菊川がたじろぎ、反射的に後退した。退がりながら、ペンガンの引き金を絞る。

小さな銃声が聞こえた。

放たれたベアリングボール状の銃弾は加納の右横一メートルのあたりを抜け、闇に吸い込まれた。

「もう観念するんだな」

加納は、にっと笑った。すぐにインサイドホルスターから、グロック32を引き抜く。

「その光沢は真正銃だな」

菊川が驚きの声をあげ、ペンガンを投げ捨てた。次の瞬間には勢いよく走りだした。

「止まらないと、撃つぞ」

加納は威嚇《いかく》した。もちろん、発砲する気はなかった。

菊川は止まるどころか、全速力で疾駆《しっく》しはじめた。加納はグロック32をホルスターに戻し、懸命に菊川を追った。

やがて、菊川は広い車道に達した。車の流れは速《はや》い。菊川が片手を高く掲《かか》げ、車道に飛び出す。

警笛が幾重《いくえ》にも鳴った。ブレーキ音も響いた。菊川は強引に車道を渡ると、暗い脇道に入った。後ろ姿は、間もなく闇に紛《まぎ》れた。

加納は追跡を諦めた。忌々《いまいま》しかったが、交通事故を誘発するわけにはいかない。

目を凝らす。

ペンガンは道端に転がったままだった。加納はハンカチを抓《つま》み出し、身を屈《かが》めた。ペンガンをハンカチでくるんで摑み上げる。一応、押収することにした。

加納はランドローバーに乗り込み、押収品をグローブボックスに収めた。代わりに特殊警棒を取り出し、ベルトの下に差し込む。

逃げた菊川はほとぼりが冷めたころ、自宅マンションに戻ってくるだろう。

加納はそう予想して、車を脇道に隠した。

3

菊川の供述に矛盾はなかった。しかし、相手は役者である。うまく言い逃れたのではないか。プラスチック拳銃で義兄を射殺したかもしれないという疑いは拭い切れなかった。

菊川をとことん締め上げるつもりだ。そうすれば、真実を喋るだろう。

加納は一服してから、三原刑事部長に電話で菊川慎吾に逃げられたことを報告した。むろん、菊川との遣《や》り取《と》りも伝えた。手製《ガ》のペンガン《ラ》を発砲させたことも話した。

「銃刀法違反で令状をとって、菊川の身柄を押さえるか」

「そうしたら、菊川は黙秘権を行使するでしょう。もしくは、義兄殺しに自分たち姉弟はタッチしてないと言い張ると思います」

「だろうね」

「日本ではまだ限定的な司法取引しか認められてませんが、菊川に裏取引を持ちかけたほうが得策かもしれません」

「プラスチック拳銃の密売とペンガンの密造に目をつぶってやると言えば、素直に喋るだろうか」

「ええ、多分ね」

「ルール違反だが、その手でいくか。加納君、そうしてくれないか」

「わかりました。どの美容整形外科医院からも小野寺春奈が来院したという通報はないんですね？」

「ああ。春奈はしばらく時間が経ってから、整形手術を受ける気なんではないかな」

「そうなんでしょうか」

「何か動きがあったら、また報告してくれ」

　三原が先に電話を切った。

　加納は刑事用携帯電話《ポリスモード》を懐に戻すと、静かに車を降りた。菊川の自宅マンションのある通りに出て、暗がりに身を潜める。

同じ場所に留《とど》まっていると、通行人に不審がられるだろう。加納は少し経ってから、菊川の自宅の前を行きつ戻りつしはじめた。通行人を装ったわけだ。

四十分あまり過ぎたころだった。

加納の横をランジェリー姿の若い女が走り抜けていった。ブラジャーとパンティーしかまとっていない。丸めた衣服と靴を抱えている。犯されそうになって、逃げ出したのではないか。

「きみ、何があったんだ？」

加納は大声で問いかけた。だが、半裸の女性は立ち止まらない。どうやら追っ手の仲間と思われたようだ。

「おーい、待てよ。別に怪しい者じゃない」

加納は逃げる女を追おうとした。地を蹴ったとき、背後で空気が大きく揺れた。

次の瞬間、加納は固い物で胴を払われた。一瞬、息が詰まった。よろけると、後ろから腰を強く蹴られた。躱《かわ》せなかった。

加納は前のめりに倒れた。急いで体を反転させる。と、二十代後半の男が上段から金属バットを振り下ろした。風切り音は高かった。空気が縺《もつ》れる。

加納は横に転がった。

金属バットが路面を叩く。暴漢が口の中で呻いた。手首に痺《しび》れが走ったらしい。

加納は肘《ひじ》で上体を起こした。

襲撃者が金属バットを引き戻し、頭上に振り翳《かざ》した。加納は尻《しり》で体をスピンさせ、横蹴りを放った。狙ったのは相手の向こう臑《ずね》だった。

骨が鳴った。男が呻く。

加納は立ち上がりざま、腰の特殊警棒を引き抜いた。三段振り出しの警棒のスイッチボタンを押す。

勢いよく伸びた特殊警棒の先端が相手の眉間を直撃した。男が獣じみた声をあげ、のけ反《ぞ》った。右手から金属バットが落ちる。

加納は相手の股間を思うさま蹴り上げた。

男が下腹部を両手で押さえながら、その場にうずくまった。すかさず加納は、相手の胸板に蹴りを入れた。男が達磨《だるま》のように後方に引っくり返る。

「坂下《さかした》ちゃん、大丈夫？」

半裸の女がすぐ近くにいた。金属バットを振り回した男を心配げに覗いている。

「きみは、転がってる男におかしなことをされたんで逃げ出してきたんじゃないのか？」

「ううん、そうじゃないの。坂下ちゃんに頼まれて、ちょっと芝居をしただけなのよ」

「どういうことなんだい?」

「亜未《あみ》、逃げろ!」

坂下と呼ばれた男が言った。ランジェリー姿の女は一瞬迷ってから、身を翻した。そのまま走り去った。

「おれを油断させるため、知り合いの女性を下着姿で走り抜けさせたようだな」

「そうだよ」

「ひょっとしたら、そっちは菊川慎吾の仲間なんじゃないのか。そうか、そうだったんだな」

「おれも亜未も、菊川さんの芝居仲間なんだ。といっても、同じ芸能事務所に所属してるわけじゃないけどね。以前、三人で同じドラマに出演したことがあるんだ。それがきっかけで、親しくつき合うようになったんだよ」

坂下が金属バットに手を伸ばした。加納はバットを道の端に蹴り込んだ。

「くそっ」

坂下が立ち上がって、太い革ベルトを引き抜く。

「まだファイトする気なのか。やめとけ!」

「あんた、菊川さんの自宅に忍び込んでＵＳＢメモリーを盗み出したんだってな？」

「菊川にメモリーを取り戻してくれって頼まれたわけか」

「うん、まあ。あんた、やくざじゃないんだろうけど、恐喝で喰ってるらしいな」

「好きに考えてくれ」

「菊川さんはちょっとした内職をしてるけど、別に金持ちってわけじゃない。３Ｄプリンターで……」

「つい口を滑らせたな。菊川が３Ｄプリンターでプラスチック拳銃を製造してネットで売ってることは、たいした弱みじゃない。でもな、菊川は３Ｄプリンターで造ったコルト・ディフェンダーで姉貴の旦那の長瀬健を撃ち殺したかもしれないんだ。そうなら、致命的な弱みになるだろうが」

「菊川さんが義理の兄貴を殺すわけないよ。義理の兄貴は菊川さんに『地道に生きながら、夢を追うべきだ』としょっちゅう言ってたらしいが、別に憎んではいなかったと思うよ。なにせ実の姉さんの夫だからな。菊川さんは姉さんにいろいろ世話になってきたことを感謝してたから、義理の兄貴に説教じみたことを言われても、本気で怒ったりするわけない。あんた、誰に何を吹き込まれたのか知らないけど、勘違いしてるな。とにかく、ＵＳＢメモリーを渡さないと……」

「逃げた菊川はどこにいるんだ？　プラスチック拳銃の件のほかに疚《やま》しさがあるんで、あの男は逃げたのかもしれないな」

「菊川さんの居所は絶対に教えない。ベルトで痣《あざ》だらけにされたくなかったら、おとなしくUSBメモリーを渡せ！」

「そっちは坂下って姓だったな。下の名を教えてくれ」

「あんた、何を言ってるんだ⁉」

「令状を請求するとき、被疑者のフルネームを書かなきゃならないんだよ。おれは刑事なんだ」

「嘘だろ⁉」

「本当の話さ」

加納は警察手帳を見せた。坂下が蒼《あお》ざめ、ベルトを握った右手を下げる。

「最悪だ。おれは、警察官に荒っぽいことをしちゃったのか」

「公務執行妨害罪、それから傷害罪容疑にもなるな」

「待ってくれよ。おたく、刑事なのに、菊川さんの部屋に勝手に入ったよな。それって、違法捜査じゃないかっ」

「ドアはロックされてなかったんだよ。それに、こっちは声をかけてから入室した。そしたら、玄関マットの上にＵＳＢメモリーが落ちてた。それを保管してやってただけさ」

加納は言い繕《つくろ》った。

「そんな言い訳が通るかっ」

「おれのことより、そっちを現行犯逮捕しないとな。両手を前に出せ。手錠を掛ける」

「警察沙汰になったら、おれ、俳優業でやっていけなくなる」

「それほど売れてるわけじゃないんだろうが？」

「いまはな。けど、数年後にはビッグになってるさ。そんな予感がしてるんだ。坂下翔《しよう》って本名を芸名にしたんだけど、占いの先生が出世する名だと言ってくれたんだよ」

「楽天家だな、呆れるほど」

「いまに見てろって」

「菊川の居所を教えてくれたら、公務執行妨害罪と傷害罪は大目に見てやってもいい」

「それ、本当なのかよ？」

「ああ」

「二個上の菊川さんには目をかけてもらってたけど、自分の将来も考えないとな。わかったよ。おれ、刑事さんに協力する。菊川さんは知り合いが借りてるガレージハウスにいるんだ」

「ガレージハウス？」

「そう。階下《した》は三、四台収納できる車庫になっててさ、二階に居室がある賃貸の建物だよ。借り主はビンテージカーのコレクターで、自分で車の整備もしてるんだ。職業はＣＧプランナーで、いまはアメリカに行ってるんだってさ」

「で、菊川がそのガレージハウスを使わせてもらってるわけだな？」

「そう。そのガレージハウスは、成城《せいじょう》四丁目にあるんだ」

「そこに案内してくれ」

「詳しい場所を教えるから、自分ひとりで行ってくれよ」

「そうはいかない。そっちは人質なんだ。菊川と接触するまでつき合ってもらう。ベルトをちゃんと締めたら、両手を揃えて前に出すんだ」

「手錠を掛けるのか!?」

「助手席で道案内してもらう間だけな」

「逃げたりしないって」

「言われた通りにするんだ」

加納は坂下を睨みつけた。坂下が目を逸《そ》らし、ベルトを腰に着けた。それから無言で両手を前に差し出し、顎をしゃくった。

　加納は坂下に前手錠を掛け、ランドローバーを駐《と》めた脇道に導いた。助手席に坐らせ、急いで運転席に入る。

　すぐに車を発進させた。成城四丁目までは道案内は必要なかった。閑静な住宅街に入ってから、坂下が曲がる交差点を指示しはじめた。

　目的のガレージハウスは、調布市入間町《いりまちょう》に近い場所にあった。棟割り式の建物は、四軒に仕切られている。

　菊川の知人が借りているガレージハウスは、右端にあった。加納は坂下の手錠を外し、先に車を降りた。坂下がつづく。

　ガレージのシャッターは下《お》りていたが、二階の窓は明るい。

「シャッターを叩いて、菊川を呼ぶんだ」

　加納は坂下に命令した。

　坂下が指示に従った。だが、シャッターはいっこうに上がらない。居留守を使っているようだ。

　加納は坂下を地に這《は》わせてから、ピッキング道具を使ってシャッターのロックを解いた。静かにシャッターを上げると、ガレージには三十年以上も前に製造されたポルシェ、アストンマーチン、ベンツが並んでいた。ビンテージカーだ。階下はひっそりとしている。

加納は坂下を楯《たて》にしながら、二階に上がった。居室は二つあった。片方が洋室で、もう一方は和室だった。菊川の姿は見当たらなかった。

「ひと芝居打ったランジェリー姿の彼女が菊川に電話したようだな」

「そうみたいだね。ここで待ってれば、やがて菊川さんは戻ってくるんじゃないのかな」

坂下が言った。

「おれは、そうは思わない。菊川は、ここには戻ってこないだろう」

「そうなのかな」

「そっちは、ここで解放してやるよ」

「えっ、本当？」

「ああ。ただし、菊川に電話をしたことがわかったら、そっちを検挙することになるぞ」

「余計なことは言わないよ。おれも亜未も菊川さんから聞いた話で、おたくのことを性質《たち》の悪い恐喝屋だと思ってしまったんだ。だから、荒っぽいことをしたわけ。おれたち二人を罰《ばっ》しないでくださいよ」

「いいだろう。そっちは二階にいろ」

加納は階下に駆け降り、ガレージハウスを出た。菊川が逃亡する気でいたら、必ず信頼している姉に手助けしてもらうにちがいない。

加納はランドローバーに飛び乗り、杉並の長瀬宅に向かった。

目的地に着いたのは、およそ三十分後だった。

加納は車を降り、マンションの八階を見上げた。照明が灯っている。長瀬華澄は、自宅に弟を匿《かくま》っているのかもしれない。

加納は探《さぐ》りを入れてみることにした。アプローチをたどり、集合インターフォンの前に立つ。テンキーに指を伸ばし、部屋番号を押す。

少し待つと、華澄の声で応答があった。加納は名乗った。

「ご用件をおっしゃってください」

華澄は切り口上だった。

「あなたの弟が3Dプリンターで製造したプラスチック拳銃をネットで密売してたことを裏付ける証拠を押さえました」

「えっ」

「インターフォンで、これ以上の話はしにくいですね。奥さん、アプローチまで出てきてくれませんか」

「わかりました。いま、そちらにまいります」

「お願いします」

加納はインターフォンから少し離れた。待つほどもなく、華澄が一階のエントランスロビーから現われた。表情が硬い。

「単刀直入に訊きます。あなた方ご姉弟《きょうだい》は長瀬さんの事件には関与してませんか？」

「はあ？」

「状況証拠から、弟の慎吾さんが自分で造ったプラスチック拳銃でご主人を撃ち殺した疑いがないとは言い切れないんですよ」

「まだそんなことを……」

「あなたたち姉弟《きょうだい》が生命保険金目当てに殺人を共謀したとしたら、死んだ長瀬さんは……」

「何を根拠にわたしたち二人を疑ってるんです？　怒りますよ」

「ご主人の生命保険金八千万円を元手にして、あなたたちは恵比寿でダイニングバーを開くつもりなんでしょ？　そのことは弟さんが認めてるんです。あなたは、うわついた生き方をしてる慎吾さんの行く末が心配でたまらなかったんだろうな。夫よりも実弟のほうが大事だったんでしょう」

「それ以上、わたしを侮辱すると、あなたを……」

「名誉毀損《きそん》で訴えますか？」

「ええ。弟もわたしも、夫の事件には関わっていません。慎吾が法に触れるような内職をしてたとしても、わたしたち姉弟《きょうだい》は殺人事件では潔白です」

「そうだとしても、場合によっては弟さんは銃刀法違反で逮捕されるでしょう。大学生のころにモデルガンの改造で検挙されてるんで、今度は執行猶予は付かないと思いますよ。正直になってくれれば、銃刀法違反には目をつぶれるんですがね」

加納は際《きわ》どい賭けに出た。姉弟《きょうだい》が射殺事件に絡んでいなければ、それこそ人権問題に発展するだろう。

「もう話すことはありません！」

長瀬華澄は言い放つと、マンションのエントランスロビーに走り入った。加納はランドローバーに駆け戻り、運転席に腰を沈めた。

華澄が弟を庇《かば》っているという疑いを払拭《ふっしょく》できなかった。刑事の勘では、菊川慎吾は十中八九、姉に連絡を取るだろう。

加納は車の中で張り込みつづけた。マンションの地下駐車場からレモンイエローのフォルクスワーゲンが走り出てきたのは、午前零時数分前だった。

加納は目でドライバーを確かめた。間違いなく長瀬華澄だった。菊川慎吾は電話かメールで、姉を呼び出したようだ。

加納は用心深くフォルクスワーゲンを尾行しはじめた。

黄色いドイツ車は住宅街を走り抜け、青梅《おうめ》街道に出た。善福寺《ぜんぷくじ》方面に進み、数キロ先のファミリーレストランの広い駐車場に乗り入れた。

加納は車を同じ駐車場に入れ、フォルクスワーゲンに目をやった。華澄は車から降りない。スマートフォンを耳に当てている。弟はファミリーレストランの中にいるのか。

加納は店の出入口に視線を向けた。一分も経過しないうちに、菊川が店から出てきた。逃げたときと同じ服装だった。

菊川は姉の車に足早に近づき、助手席に乗り込んだ。姉と弟は短い会話を交わした。

やがて、フォルクスワーゲンが走りだした。

加納はレモンイエローのドイツ車を追尾《ついび》しはじめた。フォルクスワーゲンはファミリーレストランの駐車場を出ると、新宿方向に進んだ。

環七《かんなな》通りにぶつかると、右に折れた。堀ノ内《ほりのうち》を通過し、甲州《こうしゅう》街道を突っ切った。それから間もなく、フォルクスワーゲンは急に加速した。

強引な追い越しを繰り返し、そのつどクラクションを高く鳴らされた。それでも、華澄は減速しようとしない。どうやら加納に追尾されていることに気づいたようだ。

尾行を断念しないと、事故を起こすかもしれない。加納は車のスピードを緩《ゆる》めた。ちょうどそのとき、フォルクスワーゲンが分離帯に乗り上げた。そのまま暴走し、対向車線に滑り落ちた。前方から走ってきたワゴン車の運転手がハンドルを切ったが、間に合わなかった。

二台の車は正面衝突し、派手な音をたてた。

「なんてことだ」

加納は呟き、慎重にブレーキを踏みつけた。

4

面会時間の午後三時になった。

加納は助手席に置いた二つの花束を摑み上げ、ランドローバーの運転席から出た。目黒区の外れにある国立の医療センターの外来用駐車場だ。

日付が変わって間もなく交通事故を起こした長瀬華澄と弟の菊川慎吾は、この医療センターに救急車で搬送された。ワゴン車の運転手は、別の救急病院に運ばれた。

加納は姉弟《きょうだい》のことが気になって、救急車を追った。華澄と菊川は集中治療室《ICU》で手当てを受けた。交通巡査の話によると、姉弟《きょうだい》はエアバッグのおかげで命に別条はなかったらしい。

姉は右脚を骨折し、弟は左手首の骨にヒビが入った上に鞭打ち症を負ったそうだ。

加納はひと安心して、いったん用賀の自宅に帰った。心は翳《かげ》っていた。姉弟が長瀬の事件に関わっている疑いはあった。

しかし、それは状況証拠に基《もと》づいた疑惑だった。物的証拠はない。それにもかかわらず、深追いしてしまった。華澄は逃げたい一心で、ハンドル操作を誤ったのだろう。

といっても、彼女が夫殺しに絡んでいたかどうかはわからない。弟が銃刀法違反で捕まることを回避したかっただけとも考えられる。

どちらにしても、捜査の仕方が強引すぎた。その点は反省すべきだろう。こちらの尾行に気づいたことで、華澄は衝突事故を引き起こした。そのとばっちりで、ワゴン車のドライバーも負傷してしまった。

加納は重い心で入院病棟の受付に直行した。

面会人名簿に記帳し、エレベーターで四階に上がる。姉弟は外科病棟の相部屋に入院していた。二人部屋のようだ。ナースステーションに寄って、病室のある場所を確認する。

病室の手前に、面会室があった。加納は何気なく面会室を見た。

と、菊川慎吾がソファに腰かけてテレビを観《み》ていた。ほかに人影は見当たらない。

加納は面会室に足を踏み入れた。

「おっ、あんたは……」

菊川が声を裏返らせた。左手首と首にギプスを嵌《は》めている。

「怪我が軽くてよかったな」

「あんた、刑事だったんだね。てっきり恐喝屋だと思ってたよ。おれの部屋に侵入して、USBメモリーをかっぱらったんだからさ。だから、坂下って役者仲間にメモリーを取り返してくれって頼んだんだよ。亜未はランジェリー姿で、あんたの脇を走り抜けたんだってな」

「まさか彼女が坂下って奴と組んで芝居してたとは思わなかったよ。こっちが坂下を取り押さえたことを亜未って娘《こ》に電話で教えられたんだろ？」

「そうだよ。坂下が口を割ったら、あんたが成城のガレージハウスに来ると思ったんで、電灯を点けたまま抜け出したんだ」

「で、姉さんに逃亡の手助けをしてほしくて連絡したんだな？」

「そうだけど、おれは義兄の事件には本当に関わってない。プラスチック拳銃とペンガンの密造で逮捕されたくなかったんで、しばらく身を潜める気になったんだよ」

「姉さんも、射殺事件にタッチしてないのか？」

「もちろんだよ。姉貴が夫の生命保険金を七カ月前に五千万円から八千万円に増額したことで、おれたち姉弟《きょうだい》は義兄の事件に絡んでるんじゃないかと疑われたんだろうけど、共謀なんかしてないよ」

「姉さんは、どうして夫に内緒で生命保険金の額を増やしたんだ？」

加納は問いかけた。

「結果的にはそういうことになっちゃうが、姉貴は無断で夫の保険金を増額したわけじゃないんだよ。そうしようって義兄に一年ぐらい前から再三言ってたらしいんだけど、そのうち署名捺印するからって延び延びになってたんだ。で、姉貴は焦《じ》れて……」

「その話は本当なのか？」

「ああ。姉貴は心配性なんだよ。義兄がアンタッチャブルな問題を臆せずに取材してたんで、なんとなく若死にするんではないかと思ってたようなんだ。夫に急死されたら、路頭に迷ってしまうだろうと不安になって、増額を急いでしまったみたいだな。義兄の名前を書いて勝手に実印を捺《お》したけど、計画殺人なんか企《たくら》んでないって」

「信じてもいいんだな？」

「おれ、退院したら、警察に出頭するよ。銃刀法違反で起訴されたら、俳優を廃業せざるを得ないだろうけど、ダイニングバーを姉貴と一緒にやることになってるから、そっちに専念するよ。それで、金銭的な余裕ができたら、改めて夢を追うことにしたんだ。正面衝突で命を拾ったようなもんだから、少しはしっかり生きないとさ」

「USBメモリーを返して、プラスチック拳銃とペンガンのことをおれが黙ってれば、そっちは検挙《アゲ》られずに済む。こっちも違法捜査をした弱みがあるから、裏取引に応じてもいいが……」

「あんたがおれの部屋に忍び込んでUSBメモリーを持ち去ったことは、出頭しても誰にも言わないよ」

「言ってもかまわない。おれは警察の上層部の弱みを握ってるから、警務部人事一課監察もこっちを懲戒処分にはできないだろうからな」

「あんた、やくざ刑事《デカ》なんだね。そういうアナーキーな警察官がいてもいいと思うよ、個人的にはさ」

「そっちが出頭したら、刑の執行猶予が付くよう根回ししておくよ。これは、ささやかなお見舞いだ。受け取ってくれ」

加納は花束の一つを菊川に渡し、面会室を出た。少し歩き、華澄のいる病室の白い引き戸をノックする。

「どうぞ」

華澄の声で応答があった。

加納は名乗って、病室に入った。左側にあるベッドに横たわった華澄は当惑した表情を見せた。

「大変でしたね。脚を骨折されたそうで、お見舞い申し上げます」

加納はベッドに歩み寄り、持参した花束をサイドテーブルの上にそっと置いた。華澄は花束に目をやったが、何も言わなかった。

「面会室で慎吾さんを見かけたもんで、少し話をしてきました」

「そうですか」

「あなた方ご姉弟《きょうだい》が六月の事件に絡んでるかもしれないと疑ったことを謝りにきたんです。弟さんの話を聞いて、推測が正しくなかったことを確信しました。数々の非礼を詫びます。申し訳ありませんでした」

「やっとわかっていただけたのね」

「はい」

「わたしのほうも謝らなければいけませんね。プラスチック拳銃とペンガンの密造のことで、わたし、弟を問い詰めました。あなたがおっしゃってた通りでした。慎吾があなたにマークされていると知って、わたしは冷静さを失ってしまいました。昨夜《ゆうべ》、弟から電話があったとき、とにかく逃がしてやらなければととっさに思って……」

「こっちに尾行されてると気づいたのは、ファミレスの駐車場を出たころですか？」

「環七に入ってからです。慎吾も後方のランドローバーが気になると言ったものですから、前を走ってる車を強引に追い抜きはじめたんですよ」

「焦《あせ》ってたんで、分離帯に乗り上げてから対向車線に出てしまったんですね」

「一瞬の出来事でした。ワゴン車のフロントを大きく破損させてしまいましたけど、ドライバーの方は奇跡的にも軽傷を負っただけだとうかがって、ほっとしました。弟を逃がしてやりたい一心で、ばかなことをしてしまったと悔やんでいます。あなたがおっしゃってた通りなら、慎吾は実刑判決は免れないだろうとパニックに陥ってしまったんです」

「そうですか。弟さんは退院したら、出頭して罪を償うと言ってました」

「ええ、わたしにもそう言いました。弟が服役することになったら、ひとりでダイニングバーをオープンします。そして、出所した慎吾と一緒にお店をやっていくつもりです」

「ご成功を祈ります。こちらも強引な捜査をしてしまったんで、少し根回しをして弟さんに執行猶予が付くよう働きかけるつもりです」

「それはやめてください。弟は本気で生き直そうと考えているようです。そんな形で慎吾を甘やかしたら、本当の意味での自立はできなくなるでしょう。弟はちゃんと罪を償うべきですし、本人もそうするつもりでいます。ですので、黙って見守ってやってください」

「わかりました」

「夫を殺した犯人を一日も早く突きとめてくださいね。捜査には、もちろん全面的に協力します。小野寺さんから有力な手がかりを得られると思ってたのですけど……」

「いったん彼女には接触できたんですが、現在、消息不明なんですよ」

加納は、差し障《さわ》りのない範囲で捜査経過を話した。

「彼女、誰かに命を狙われてるんでしょうか？」

「そう考えられるんですが、まだ断言はできません」

「早く小野寺さんの居所がわかるといいですね」

「ええ」

「わざわざお見舞いに来てくださって、ありがとうございます。お花、後で飾らせてもらいます」

華澄がベッドのフレームに手を掛け、ゆっくりと上半身を起こした。

「奥さん、無理をなさらないでください。どうぞ横になってください」

「でも、ずっと寝たままでは失礼になりますので……」

「どうかお大事に！　失礼します」

加納は一礼し、急いで病室を出た。面会室にいる菊川に片手を挙げ、エレベーターに乗り込む。

特別仕様の覆面パトカーに乗り込んだとき、三原刑事部長から電話がかかってきた。

「小野寺春奈が別人の名を騙《かた》って、新橋一丁目にある『新東京美容クリニック』に午後一時過ぎに入院したことがわかったんだ。院長の新堀譲《しんぼりゆずる》先生が直々《じきじき》に密告電話をしてきたんだよ。手術は明日行われる予定らしいんだが、きょうは予備検査があるそうだ」

「春奈は、どういう偽名を使ってるんですか」

「水島茜《みずしまあかね》と名乗って、パーティー・コンパニオンをやってると言ったらしい」

「確か『新東京美容クリニック』は、昭和三十年代に開業した美容外科医院ですよね。芸能人がお忍びで、手術を受けてるんじゃなかったかな」

「そういう話をどこかで聞いた記憶があるね。いまの院長は二代目で、なかなか腕がいいらしいよ。春奈は手術のうまい美容クリニックを選んだんだろう」

「そうなんでしょうね」

「新堀院長には、加納君がクリニックに行くまで対象者《マルタイ》をそれとなく見張っといてくれとお願いしといた。すぐ新橋に向かってくれないか」

「了解です」

加納は通話を切り上げ、ただちに車を発進させた。

幹線道路は、やや渋滞していた。脇道を抜けながら、目的地に向かう。

JR新橋駅の近くにある『新東京美容クリニック』に着いたのは、五十数分後だった。

加納は車を地下駐車場に置き、一階の受付ロビーに上がった。職員に身分を告げ、院長との面会を求める。

加納は女性職員に一階の奥にある院長室に案内された。院長は六十六歳らしいが、まだ若々しかった。頭髪も豊かだ。

「担当ナースが十数分前にも、例の患者さんの病室を覗いて所在を確認しました。パジャマ姿で横になってるはずです」

「水島茜と名乗ってる女性は、小野寺春奈に間違いないんですね？」

「ええ。警察から預かった顔写真を何度も見て、同一人物だと確信を深めたんで通報したんです」

「そうですか。春奈は、どこをいじってほしいと言ったんです？」

「目をもっとはっきりとした二重瞼にして、鼻を高くしてほしいとのことでした。それから鰓骨《えらぼね》を削って、小顔にしてほしいという要望でしたね」

「となると、大がかりな手術になるんでしょ？」

「そうでもありませんが、三つを一遍にやることはできませんので、最初に瞼の手術をやって、次に隆鼻の施術をやることになったんですよ」

「その二つの手術で、どのくらい費用がかかるんでしょう？」

「六十五万円程度ですね。小顔にするために骨を削ったりすると、総額で百四、五十万円は必要です」

「意外に安いんだな。あちこちいじってもらって、俳優みたいなマスクにしてもらうか」

「土台が悪くないから、それは可能です。お安くしておきましょう」

「冗談ですよ」

「わかってます。ジョークを返したんですよ。水島さん、いや、小野寺さんの病室に案内しましょう」

新堀が笑顔で言って、先に院長室を出た。加納は後に従った。二人はエレベーターで六階に上がった。

導かれたのは、エレベーターホールの左側にある個室だった。新堀が白い引き戸をノックして、患者に呼びかけた。

だが、なんの応答もない。

「検査で疲れて寝《やす》んでるんでしょう」

院長が言って、引き戸を開けた。加納は新堀の肩越しに病室の中を見た。メルヘンチックな造りの個室だった。シャワールームとトイレ付きだ。壁の色はピンクである。ベッドは空だった。荷物も見当たらない。

「お手洗いに入ってるのかな」

院長が病室に入り、トイレのドアを拳《こぶし》で叩いた。

反応はなかった。新堀が首を傾《かし》げ、シャワールームのドアを引く。やはり、無人だった。

「荷物が見当たりませんね。院長、非常階段はありますか？」

加納は問いかけた。

「ありますが、非常扉を誰かが開けたら、アラームが高く鳴り響くんですよ。例の患者が病室をそっと抜けて、非常口から外階段を降りたとは思えないな」

「アラームを解除すれば、そうすることは可能じゃありませんか？」

「あっ、そうですね」

新堀が病室を出て、エレベーターホールとは反対側に走りだした。加納は院長を追った。

院長は非常扉の手前で立ち止まり、壁面にセットされた装置を見上げた。

「アラームが解除されてます。偽名で入院した患者は非常階段を使って逃げたんでしょう。担当ナースがひんぱんに病室に来るんで、本能的に自分に危険が迫ったことを感じ取ったんでしょうね」

「ええ、おそらく」

加納は非常口に走った。ロックは外されていた。スチール製ドアを開け、加納は六階の踊り場に出た。

風が吹いているきりで、人の姿は目に留《と》まらなかった。非常階段を駆け降りて周辺を探し回っても、小野寺春奈を見つけることはできないだろう。

「油断したのがいけないんだな。こんなことになって、申し訳ない」

新堀が深く頭を下げた。

「院長、頭を上げてください。あなたや担当の看護師さんが悪いんではありませんよ」

「しかし……」

「もし小野寺春奈がこっそり病室に戻ったら、すぐに教えてくださいね。お願いします。ひとまず引き揚げます」

加納は新堀院長に挨拶し、エレベーターホールに向かった。地下駐車場に下《くだ》り、ランドローバーの運転席に乗り込む。

春奈は、自分の意思で入院先から姿を消したにちがいない。もはや潜伏先は突きとめられないだろう。加納は、春奈とかつて交際していた奥平和大の勤め先に行ってみることにした。ランドローバーを六本木に向けた。

奥平の職場のＩＴ企業に着いたのは、二十数分後だった。車を路上に駐《と》め、加納は一階の受付で奥平との面会を求める。刑事であることを明かすと、受付嬢は緊張した顔で内線電話の受話器を取り上げた。

遣り取りは短かった。

「奥平はすぐに参るとのことでしたが、ロビーではなく、玄関前でお待ちいただきたいと申しておりました」

「何か勘違いしてるんじゃないのかな。彼に任意同行を求めるわけじゃなく、単なる聞き込みなんだ」

「早合点してしまいました。申し訳ございません」

「きみが謝ることはないよ。わかった」

加納は受付嬢を目顔で犒《ねぎら》って、外に出た。

車寄せの横にたたずんでいると、奥平が玄関から姿を見せた。

「表で待たせてしまって、ごめんなさい。会社の者にプライベートのことを聞かれたくなかったので……」

「小野寺春奈にフラれて、その腹いせに彼女の全裸の映像をネット上に流したことを同僚や上司に知られたら、まずいよな？」

「そのことはもう片がついたことですんで、勘弁願います。春奈が逆襲する気配を感じたので、元組員に彼女を取っ捕まえてくれと頼んだんですけどね」

「片がついた？　どういうことなんだ」

「今朝早く、春奈がぼくの自宅をひょっこり訪ねてきて、復讐《リベンジ》ポルノの件はもう赦《ゆる》してやるから、その代わり〝恐喝代理人〟になってくれと言ったんですよ」

「小野寺春奈は、義誠会から金を強請《ゆす》る気でいるんだろうか。彼女がよく知ってる葉山という男が義誠会の企業舎弟《フロント》『明和建工』の支社長をやってた松尾昌俊に殺害されてるし、松尾は仙台の防潮堤工事に携わってた若い労働者を薬物中毒者にして作業員寮から逃げ出せないようにしてたんだ」

「そうなんですか」

「松尾はもう逮捕されてるんだが、作業員をドラッグ漬けにしてたことは自供しないだろう。その気になれば、小野寺春奈は義誠会から口止め料をせびれるだろう。しかし、自分が直《じか》に強請ったら、殺される恐れがある。それだから、きみを代理人にする気になったんじゃないのかな」

「そのあたりのことはよくわかりませんけど、ぼくははっきりと断りました。春奈は情事の映像を職場と実家に送ると凄んだんですが、ぼくは土下座して彼女を復讐《リベンジ》ポルノで貶《おとし》めたことをひたすら詫びつづけました。みっともなかったですけどね」

「小野寺春奈はどうしたんだ？」

「脅迫めいたことを何度も言ってましたけど、舌打ちして立ち去りました。だから、もう片がついたんでしょう」

「そういうことか」

「もう春奈とは関わりたくないんです。そっとしといてくれませんか」

「わかったよ」

加納は奥平から離れた。

第四章　大手商社の暗部

1

食欲がなかった。

加納は正午前にブランチを摂《と》ったきりだったが、前菜も肉料理も半分近く残してしまった。洋梨のシャーベットにも手をつけていない。

四谷のフレンチ・レストランの個室《コンパートメント》だ。加納は、堂副総監や三原刑事部長とテーブルを囲んでいた。『新東京美容クリニック』から小野寺春奈が逃げたことを三原に電話で報告して間もなく、堂から夕食に誘われたのだ。

指定された店に入ると、コンパートメントで副総監と刑事部長が待っていた。どうやら堂がポケットマネーで食事に招いてくれたらしい。

「加納君、中華料理のほうがよかったかな」

副総監が声をかけてきた。

「せっかく招いていただいたのに、食べ残してしまって申し訳ありません。腹は空いてるはずなのに、なぜか入らないんですよ」

「捜査が足踏み状態なんで、そのことを気にしてるんじゃないのか。きみが悪いんじゃない。張り込みを中断して、被害者の妻と義弟の菊川のことを調べてほしいと指示した当方の判断ミスだよ。回り道をさせてしまって、悪かったな」

「いいえ。副総監の話を聞いて、こちらも姉弟《きょうだい》が生命保険金目当ての殺人計画を企んだ疑いはあると思ったので、長瀬華澄と菊川慎吾をマークしたわけです。副総監の指示に振り回されたのではありません」

「いや、わたしが余計なことを言わなければ、無駄な捜査をせずに済んだはずだ。殺人捜査の現場は形ばかりしか踏んでこなかったので、判断ミスをしてしまったんだろう」

「どんな事件の捜査も、無駄の積み重ねです。すんなり容疑者を割り出せるケースは稀《まれ》ですよ」

三原が口を挟んだ。上司におもねるような口調ではなかった。堂と加納の双方を気遣《きづか》ったのだろう。

「しかし、これまでは割に加納君は事件をスムーズに解決してきた。敏腕刑事のイメージをダウンさせてしまったね」

「加納君は裏で捜査の支援をしてくれているわけで、捜査本部の連中は手柄は知りません。副総監直属の特務班の面々は加納君の極秘捜査のことを知ってるんですが、少し回り道をしたからといって、それがマイナスにはならないと思いますよ」

「ああ、彼らは加納君に対する評価を変えることはないだろう。立浪警視総監も同じだと思うね。わたしは、加納君の輝かしい功績に汚点を残すようなことをした気がして……」

「こちらは、そんなふうには思っていません。どうか気になさらないでください。それよりも、『新東京美容クリニック』から小野寺春奈に逃げられたことで失敗《ドジ》を踏んでしまったと少し自分を責めているんです」

「それで食欲が湧かなかったのか。加納君、きみはしくじってなんかない。院長や担当の看護師も春奈が非常階段を使って逃げるとは予想できなかったんだ。加納君には、なんの落ち度もないよ」

　堂副総監が言った。三原刑事部長が同調する。

「そうだとしても、春奈に逃げられたことが残念でなりません」

「奥平のことは三原刑事部長から聞いたが、小野寺春奈から自分の代わりに誰かを強請《ゆす》ってくれと言われたという話は鵜呑《うの》みにしてもいいんだろうか」

「奥平の作り話ではないでしょう。春奈は義誠会の企業舎弟《フロント》である『明和建工』が防潮堤工事作業員を覚醒剤で縛ってたことを恐喝材料にして、少しまとまった口止め料をせしめる気でいたのだと思います。しかし、先方は脅迫を撥ねつけたようです」

「女である春奈自身が義誠会の理事の誰かを脅迫しても相手にされないだろうと考え直し、元彼氏の奥平をダミーの脅迫者にする気だったんだろうか」

「副総監がおっしゃる通りだと思います。しかし、奥平に断られてしまった。春奈は別のダミーを使って、義誠会を強請《ゆす》る気なんですかね」

「きみの筋《すじ》の読み方にケチをつける気はないが、春奈が使おうとしてると思われる恐喝材料なんだが、義誠会を震え上がらせるほどのもんじゃない気がするんだよ」

「そうでしょうか。『明和建工』は七人もの作業員を薬物漬けにして、離職できないようにしてました」

「そうなんだろうが、葉山という作業員以外は殺されたわけじゃない。葉山を殺害した『明和建工』の支社長は全面自供してるから、殺人のことを恐喝材料にはできないよな？」

「ええ、そうですね」

「義誠会の企業舎弟《フロント》が従業員たちを覚醒剤なんかで縛ってたことはれっきとした犯罪だ

が、その件を仮にバラされたとしても、広域暴力団はそれほどビビったりしないんじゃないのか」

「言われてみれば、確かに……」

「刑事部長はどう思うね？」

堂が三原に意見を求めた。

「義誠会に限らず暴力団は、あらゆる違法行為をやっています。組織の存亡にかかわるような恐喝材料をちらつかされれば、多額の口止め料を出すでしょう」

「だろうな」

「ですが、企業舎弟《フロント》が薬物で作業員を離職できなくした程度の悪事では強請れないと思います」

「お二人のおっしゃる通りかもしれません。小野寺春奈は葉山のことを調べているうちに、義誠会の大罪を知ったのでしょう。そして、そのことを関東テレビの長瀬記者に教えたと思われます」

「そうならば、義誠会が自分んとこの構成員か殺し屋《プロ》に長瀬健を片づけさせたはずだ」

三原が加納に言った。

「そう思われますね。しかし、裏社会の人間の犯行《ヤマ》とわかったら、義誠会にいつか捜査の手が伸びるでしょう」

「だろうな」

「そうなることを回避するため、わざと実行犯に３Ｄプリンターで製造したプラスチック拳銃を使わせたのかもしれませんよ。そう考えれば、事件の裏に暴力団がいたという推測はできます」

「そうだね。事件を解く鍵を握ってるのは、小野寺春奈だな。春奈は、もう『新東京美容クリニック』には戻らないだろう」

「と思います」

「加納君、今夜はゆっくりと寝《やす》んで、明日からまた春奈の実家に張りついてみてくれないか」

「これから、板橋に行ってみます」

「今夜は、空振りに終わると思うよ。新橋の美容外科医院から逃げ出して、こっちの動きを警戒してるにちがいない」

「多分、そうでしょうね。ですが、春奈は裏をかいて実家に一晩だけ泊まるかもしれません。都内のホテルや旅館には警察が網を張っていると予想するでしょうから」

「そういうことも考えられるな。しかし、今夜は体を休めたまえ」

「用賀の自宅に早く帰っても、誰かが待ってるわけじゃありません。何時間か張り込んでみますよ」

「そうか」

「副総監、ご馳走になりました。お先に失礼します」

加納は椅子から立ち上がって、個室を出た。車は店の近くの裏通りに駐めてある。

加納はランドローバーに乗り込むと、すぐに板橋区の志村に向かった。春奈の実家に着いたのは、およそ三十分後だった。

車を小野寺宅から少し離れた路肩《ろかた》に寄せ、ライトを消す。加納は私物のスマートフォンを取り出して、春奈の実家の固定電話にかけた。

少し待つと、中年女性が受話器を取った。春奈の母親だろう。

「小野寺でございます」

「わたし、関東テレビ社会部の者です。春奈さんは仙台から東京に戻られているという噂を耳にしたので、お電話させてもらいました。六月に殺害された長瀬の事件について、何か春奈さんがご存じではないかと思って……」

「娘は、こちらには戻っておりません。仙台を離れたようですけど、まったく連絡がないんですよ」

「そうなんですか」

「娘は誰かに追われているのかもしれませんけど、精《くわ》しいことはわからないんですよ。何か知っててらしたら、逆に教えていただけませんか」

「こちらも、春奈さんに関する情報はほとんど持っていないんです。東北で福祉関係の仕事をされてはいないようでしたが……」

「あれっ、あなたの声には聞き覚えがあるわ。先日、お越しになった方ではありませんか?」

「いいえ、違います。今夜、初めて電話をさせてもらいました。また、連絡いたしますね」

加納は電話を切って、額の冷や汗を拭った。

長いことアイドリングしていると、近所の住民に怪しまれることがある。加納はエンジンを切った。

十分も経たないうちに、車内が蒸し暑くなった。加納はパワーウインドーを下げ、外気を車の中に入れた。紫煙をくゆらせ、張り込みに入る。

時間が虚《むな》しく流れた。

午後十一時を回っても、春奈が実家に近づく様子はうかがえない。そろそろ張り込みを切り上げるべきか。そんなことを思っていると、通りかかった男がランドローバーの横で立ち止まった。

「すみません。ライターを貸してもらえませんか。自分のライター、どこかに落としてしまったんですよ」

「そう。ちょっと待ってて」

加納は上着のポケットに手を突っ込み、使い捨てライターを掴み出した。そのとき、声をかけてきた三十代半ばに見える男がダガーナイフを加納の首筋に当てた。刃先は、ひんやりと冷たい。

「あんた、小野寺春奈に雇われたボディーガードなんだろ？」

「何を言ってるか、さっぱりわからないな。人違いだ」

「とぼけてると、喉を掻《か》っ切るぞ」

「人違いだと言ってるだろうが！　くそ暑いのに、うっとうしい野郎だな」

「春奈って女はどこにいる？　あんたは、実家に近づく者をチェックしてるんだよな。で、雇い主に報告してるんだろ？　わかってるんだよ。喉元を裂《さ》かれたくなかったら、春奈の居所を吐くんだな」

「そんな名前の女は知らない」

加納は素早くドア・ロックを外した。勢いよく押し開け、暴漢をドアで弾く。相手の腰が砕《くだ》けた。

すかさず加納は横蹴りをくれた。男が突風に煽《あお》られたような感じで、吹っ飛んだ。ステップインして、足を飛ばす。

男が横に転がって、蹴りを躱《かわ》した。敏捷《びんしょう》に上体を起こし、ダガーナイフを水平に薙《な》いだ。夜目《よめ》にも、揺曳《ようえい》する白い光が鮮やかだった。

加納はバックステップを踏んだ。

刃物が男の手許に引き戻された。加納は高く跳《と》んだ。片方の膝で、相手の顎を蹴り上げる。肉がたわみ、骨が軋《きし》んだ。

男が引っくり返った。仰向けだった。ダガーナイフは握ったままだ。

加納は、相手の利き腕を強く踏みつけた。靴の踵《かかと》を立て、左右に振る。男が唸り声をあげ、刃物を路面に落とした。

加納は片方の膝頭で相手の鳩尾《みぞおち》のあたりを圧迫しながら、ダガーナイフを拾い上げた。

「義誠会の者なんじゃないのかっ」

「え？」

「そうじゃないのか？」

「おれは筋者《すじもん》じゃない。素っ堅気ってわけじゃないがな」

「そっちが正直に答えたかどうか、体に訊《き》いてみよう」

「どういう意味なんでえ」

男が語気を強めた。加納は薄く笑って、ダガーナイフの先を相手の右腕に浅く埋めた。二の腕のあたりだった。

「てめえーっ」

男が歯を剝《む》いて、長く唸った。

「もう一度、訊く。義誠会に足《ゲソ》つけてるんだろ？」

「おれは義誠会とは縁《えん》もゆかりもねえよ。四年前まで、横浜一帯を仕切ってる港友会《こうゆうかい》の身内だったがな。けど、縄張《シマ》り内《うち》の飲食店から集めたみかじめ料を個人的に遣《つか》ったことがバレて、破門になったんだよ」

「本当だなっ」

「ああ。絶縁状を全国の親分衆に回されたわけじゃねえから、別の組には入れたんだ。けど、幹部にならねえと、いい思いなんかできっこない。だからさ、裏始末屋で喰ってんだよ」

「雇い主の名を言え！」

「そいつは教えられねえな」

「そうかい」

加納はダガーナイフをいったん引き抜き、すぐに刃先を深く沈めた。元やくざと称した男が痛みを訴え、体を左右に振った。

そのとき、駆け寄ってくる靴音がした。加納は顔を上げかけた。その瞬間、脇腹を蹴り込まれた。体を丸めて路上に転がる。

数秒後、ダガーナイフの持ち主の仲間が加納の顔面に催涙スプレーを浴びせた。目がちくちくして、開けていられない。

「てめえの腕を刺してやらあ」

ダガーナイフを振り回した男が立ち上がって、怒声を放った。仲間の男が無言で蹴りを見舞ってくる。

加納はグロック32の銃把《グリップ》に手を掛けた。だが、すぐに手を引っ込めた。目が見えない状態では拳銃は使えない。加納は腰でスピンしながら、絶え間なく蹴りで応酬した。

「小野寺春奈がどこにいるか教えないと、てめえの腕を本当に刺すぜ」

刃物を使った男が凄んだ。

そのとき、車の走行音が響いてきた。ライトの光もかすかに感じ取れる。

「危《ヤバ》いな」

「ずらかろう」

二人の襲撃者が低く言い交わし、ほとんど同時に走りだした。足音が次第に遠のく。

それから間もなく、近くに車が停まった。ドアが開けられ、ドライバーが降りる。

「何があったんです？　一一〇番しましょうか」

「その必要はありません。面目ないが、現職の刑事なんですよ」

加納は半身を起こし、瞼を押し開けた。二十八、九歳の背広を着た男が側《そば》にいた。

「お怪我は？　なんでしたら、救急車をすぐに呼びます」

「特に怪我はないんですよ。催涙スプレーを顔に浴びせられて、何度か蹴られただけなんでね」

「立てます？」

「ええ。ご心配かけました。ありがとう。もう大丈夫です」

「そうですか」

男はそう言い、自分のプリウスの中に戻った。

加納はプリウスが走り去ってから、ランドローバーの運転席に入った。イグニッションキーを捻り、パワーウインドーを上げる。

車内に涼気が回ったころには、ちゃんと目を開けられるようになった。逃げた男たちは、どうやら義誠会の構成員ではなさそうだ。春奈を追っているのは何者なのか。

二人組が引き返してくるかもしれない。加納は待ってみた。

数十分待っても、男たちは戻ってこなかった。加納は張り込みを切り上げることにした。

シフトレバーをＤ《ドライブ》レンジに移そうとしたとき、私物のスマートフォンが振動した。張り込み中はマナーモードにしてあった。

発信者は女強請屋の恵利香だった。

「その後、捜査は捗《はかど》ってる？」

「迷走中なんだ。もっと早く片がつくと思ってたんだが、てこずってるんだよ」

「そうなの」

「夜が更けたら、急に独り寝が侘《わび》しくなったのか？　そういうことなら、協力してやってもいいぞ」

「二枚目ぶっちゃって。知り合いの風俗ライターから気になる話を聞いたのよ。小野寺春奈は別れた彼氏の復讐《リベンジ》ポルノのせいで、デリヘルの仕事をやるようになったんでしょ？」

「そうだが……」

「最初に働いてたのは、赤坂の『ブルーローズ』ってデリヘル派遣クラブじゃなかった？」

「確かそうだよ」

「そのデリヘル嬢派遣クラブで働いてる素人っぽい娘《こ》たちは、大手商社の『帝都物産《ていとぶっさん》』に雇われて外国人バイヤーの〝一夜妻〟を務めてたらしいのよ。デリヘル嬢だけじゃなく、売れないモデルやテレビタレントなんかもセックス・パートナーを務めてたんだって」

「そうなのか」

「外国人バイヤーの〝一夜妻〟をやってた売れないモデルだった朝比奈結衣《あさひなゆい》が、去年の十月に不審死したらしいの」

「どんな死に方をしたんだ？」

「深夜に自宅近くの高層マンションの非常階段の最上部から飛び降り自殺したと所轄署は処理したそうなんだけど、結衣は近くアクセサリーショップを開く予定で張り切ってたらしいの。銀行には三千万円以上の預金があったんだって」

「売れなかったモデルは〝一夜妻〟を務めて、そのつど金はどのくらい貰ってたのかな」

「風俗ライターの調べだと、一回の報酬は十五万円だったみたいね」

「バイトとしては悪くないが、それで三千万円以上の預金ができるとは思えないな」

「わたしも、そう思うわ。結衣って娘は、外国人バイヤーに〝一夜妻〟を与えて商談をまとめてた『帝都物産』を強請ってたとは考《こ》えられない？」

「考えられるな。一流商社が第三者に朝比奈結衣を葬らせたことを小野寺春奈が嗅《か》ぎつけて、口止め料をせしめようとしたんだとしたら、春奈も〝一夜妻〟をやってたんだろう。別れた男に全裸の映像をネットに流されてから、春奈は捨て身で生きてきた。人生をリセットするための金を得たくて、『帝都物産』を強請ったとしても不思議じゃないよな」

「そうね。春奈がデリヘル嬢だったころに『帝都物産』に雇われて、外国人バイヤーの〝一夜妻〟をやってたかどうか調べてみたら？」

「早速、明日にでも調べてみるよ」

加納は恵利香に礼を言って、通話を切り上げた。

2

猛烈に暑い。

じっとしていても、全身から汗が噴《ふ》き出す。太陽は頭上でぎらついている。午後二時前だった。

加納は木陰のベンチに腰かけた。

日比谷公園である。野外音楽堂の近くだった。堂副総監に夕食を奢《おご》られた翌日だ。

加納は、園内で三原刑事部長と落ち合うことになっていた。去年の十月に亡くなった朝比奈結衣に関する調書を所轄署から取り寄せてほしいとメールで頼んであった。

恵利香が知り合いの風俗ライターから聞いた話では、売れないモデルだった結衣は自殺に見せかけて高層マンションの非常階段から投げ落とされた疑いがある。

しかし、所轄のM署は結衣の死を自殺と判断したようだ。それが誤りだったとしても、警察が加害者に買収されたとは考えにくい。検視官か、監察医の判断ミスだったのだろう。

背後の樹木の幹《みき》にへばりついた油蟬《あぶらぜみ》が鳴きはじめた。

それから間もなく、三原がやってきた。刑事部長はハンカチで首の汗を拭いながら、足早に近づいてくる。

加納はベンチから立ち上がった。

「お手間を取らせました」

「なあに。掛けよう」

三原がベンチに坐った。加納も倣《なら》った。三原が書類袋を差し出す。

「調書の写しが入ってる」

「お読みになりました？」

「ああ、読んだよ。自殺に見せかけた他殺っぽいな」

「やはりね」

加納は書類袋を受け取り、調書の写しを取り出した。すぐに文字を目で追う。

M署は港区内にある所轄署だ。管内での事件発生数はそれほど多くないが、ベテラン捜査員の数は少なくない。

朝比奈結衣が飛び降りたとされる高層マンションは、大通りから一本奥に入った住宅街の一角にある。そのせいか、結衣が身を投げた瞬間を目撃した者はいなかった。通報者は、たまたま現場を通りかかったタクシーの運転手だった。

最初に臨場したのは、所轄署の地域課の若い巡査と巡査長だ。事件性があるかもしれないと判断したことから、刑事課の三人が現場を踏んだ。

高層マンションの非常階段の最上部には、結衣のパンプスがきちんと揃えて置かれていた。片方の靴には遺書が差し込まれてあった。パソコンで『生きることに疲れました』と打たれていたのは間違いない。

パンプスと遺書には、結衣の指紋と掌紋が付着していた。検視官はその事実に引きずられてしまったようで、飛び降り自殺と判断した。結局、司法解剖も行政解剖もされなかった。

調書を読んだ限り、朝比奈結衣が麻酔薬や高圧電流銃《スタンガン》で意識を失わされたと疑える記述はなかった。故人の爪に、他人の血痕は認められなかったと綴《つづ》られている。つまり、結衣が抵抗して相手を引っ搔《か》いた痕跡はないということだ。

しかし、ピンクのマニキュアがところどころ剝げ落ちていたと調書には認《したた》められている。そのことだけで、結衣が何者かに地上に投げ落とされたとは極《き》めつけられない。だが、その疑いはゼロではないだろう。

加納はそのことだけではなく、非常階段の手摺に故人の衣服の繊維や毛髪がまったく付着していないことも不審に感じた。

朝比奈結衣は大柄な男に刃物か拳銃で威《おど》されて身を竦《すく》ませている間に肩に担《かつ》ぎ上げられ、高層マンションの脇の道路に投げ落とされたのではないか。そういう推測はできそうだ。あるいは目立たない指の間か頭皮に麻酔注射の針を突き立てられ、故人は意識を失ったのかもしれない。遺書が直筆でないことにも引っかかった。

「調書をざっと読むと、自殺と思われる」

三原が小声で言った。

「ええ、そうですね。しかし、不審な点があります」

「どんな点が気になった？」

「きちんと揃えられたパンプスはいいとしても、遺書の文面が短すぎます。たったの一行なら、手書きのほうが自然なのではないでしょうか。それにアクセサリーショップを開業する予定で、故人には三千万円以上の預金がありました。厭世的な気持ちになっていたとは考えにくいですよ」

「うん、そうだな」

「それから非常階段の手摺に結衣の服の繊維片、頭髪、指紋、足を掛けた痕がないことも不自然です」

「わたしも、そう感じたよ。しかし、もう故人は骨になってしまった。他殺を裏付けることは難しいな。司法解剖されていたら、飛び降り自殺なんかじゃないと判断されたはずなんだが……」

「そうだったんでしょう。それが残念ですが、M署も故意に真相を伏せたなんてことは考えられませんよね？」

「思い込みによる単純なミスだろうな。だからって、いまさらM署に再捜査すべきだと本庁《ちょう》から言ったところで、もはや手遅れだ」

「そうですね。朝比奈結衣は、外国人バイヤーの〝一夜妻〟を務めたことを恐喝材料にして、『帝都物産』から三千万円前後の口止め料をせしめたんではありませんか」

「そういう臨時収入があったので、アクセサリーショップを開業することが可能になったんだろうね」

「ええ、そうなんでしょう」

「堂副総監の直属の特務班員が結衣の所属してたモデル事務所を調べてくれたんだ。『フェニックス企画』という会社で、オフィスは南青山三丁目にある。連絡先と経営者の名はメモしておいたよ」

「助かります」

加納は、差し出された紙片を受け取った。『フェニックス企画』の経営者は神津恭平《こうづきょうへい》という名で、元モデルだったようだ。オフィスの所在地と電話番号が書かれている。

「そのモデル事務所に行って、朝比奈結衣が春奈らと一緒に『帝都物産』に雇われて外国人バイヤーたちの〝一夜妻〟をやってたかどうか探りを入れてみてくれないか。その裏付《ウラ》けが取れたら、小野寺春奈が『帝都物産』を強請ってたんではないかという推測もリアリティーを帯びてくるからね」

「ええ。おそらく春奈は、何らかの形で朝比奈結衣が『帝都物産』に始末されたという確信を深めて……」

「結衣と同じように『帝都物産』を強請ったから、追われるようになったんだろうな。てっきり義誠会の関係者に春奈は命を狙われてると思ってたがね」

「こっちの筋の読み方が甘かったんです。もう迷走はしないようにします」

「きのうの晩、四谷のレストランでも言ったが、本当に捜査は無駄の積み重ねだよ。遠回りしてるうちに、少しずつ手がかりを摑むことができる。焦《あせ》ることはないさ」

刑事部長が加納の膝を軽く叩き、ベンチから立ち上がった。すぐに加納は腰を浮かせかけた。

三原がそれを手で制し、ゆっくりと遠ざかっていった。加納は少し間を置《お》いてから、日比谷公園を出た。

ランドローバーは、すぐ近くの地下駐車場に置いてある。加納は特別仕様の覆面パトカーに乗り込むと、南青山に向かった。

『フェニックス企画』のオフィスを探し当てたのは、およそ二十分後だった。モデル事務所は、青山通りから数百メートル奥に入った所にあった。雑居ビルの七階だった。

加納は雑居ビルの近くの路上に車を駐め、色の濃いサングラスをかけた。ブラックジャーナリストになりすまし、モデル事務所の社長に探りを入れる気になったのだ。

刑事であることを告げて正攻法で揺さぶりをかけても、たいした情報は得られない。反則技を使ったほうが、手っ取り早く手がかりを得られるだろう。

加納は雑居ビルのエントランスロビーを抜け、エレベーターで七階に上がった。『フェニックス企画』は、エレベーターホールの近くにあった。

加納は軽くノックして、モデル事務所に入った。

手前の事務エリアの壁には、所属モデルのポスターが隙間なく貼られている。奥に社長室があるようだ。といっても、パーティションで仕切られているだけだった。

「いらっしゃいませ。マスコミ関係の方でいらっしゃいますね？」

女性事務員がにこやかに話しかけてきた。

「よくわかるな」

「みなさん、一般のサラリーマンの方たちとは雰囲気が違いますので」

「どいつも崩れてる？」

「いいえ、どなたも個性的でいらっしゃいます。ですので、なんとなくわかるんですよ」

「物は言いようだな。実は『週刊芸能ジャーナル』の記者なんだ。こちらの所属モデルの活躍ぶりが目立つんで、神津社長にモデルの売り出し方の秘訣を聞かせてもらって、四頁《ページ》の記事にしたいと思ってるんだ」

「それは、ありがたいお話です。すぐに社長に取り次ぎます。失礼ですが、お名前を教えていただけますか」

「矢吹《やぶき》だよ」

加納は適当な名を騙《かた》った。女性事務員が奥の社長室に向かった。ほかの社員たちが加納を見て、愛想笑いを浮かべている。

『フェニックス企画』のことが芸能週刊誌に取り上げられると喜んでいるにちがいない。

待つほどもなく女性事務員が戻ってきた。

「どうぞこちらに……」

「取り次いでくれて、ありがとう！」

加納は女性事務員の後《あと》に従った。女性事務員は社長室の前から、自席に戻った。

「失礼します。『週刊芸能ジャーナル』の矢吹です」

加納は社長室に足を踏み入れた。

二十五畳ほどの広さだった。手前に総革張りのベージュのソファセットが置かれ、正面の奥に両袖机とキャビネットが並んでいる。

「ようこそ！　神津です」

四十代半《なか》ばの男がアーム付きの椅子から立ち上がって、笑顔で歩み寄ってきた。

顔立ちが整い、上背もある。ライトグレイのスーツを着込み、きちんとネクタイを結んでいた。かなり以前、ファッション雑誌のグラビアで見かけた顔だ。あるいは、カー雑誌に神津社長の写真が載っていたのかもしれない。

「どうかよろしくお願いします」

「あいにく名刺入れを会社に置いてきちゃったんですよ。次にお目にかかったとき、名刺を差し上げます」

加納は言い訳をして、神津の名刺を受け取った。

「『週刊芸能ジャーナル』の安西《あんざい》編集長と峰岸《みねぎし》デスクはよく存じ上げてるんですが、あなたとは初対面ですね。別の編集部から移ってこられたんでしょ？」

「ええ、月刊総合誌の編集部からね」

「そうですか。サングラスをトレードマークにされてるようですね？」

「失礼かな？」

「いいえ、そんなことはございませんよ。とりあえず、お掛けください」

神津がソファを手で示した。

「面《つら》を見られたくないんだよ」

「は？　どういうことなんでしょう？」

「おれ、本当は『週刊芸能ジャーナル』の記者じゃねえんだ」

加納はぞんざいに言って、ソファにどっかと坐った。

「よく話が呑《の》み込めませんが……」

「要するに、ブラックジャーナリストさ。騒ぎ立てると、『フェニックス企画』は潰《つぶ》れることになるぜ」

「わたしは他人《ひと》に後ろ指をさされるようなビジネスはしてないぞ」

「いいから、坐れ！　こっちは丸腰じゃねえんだ」

「はったりだろ、それは」

神津がせせら笑った。加納は無言で、インサイドホルスターのグロック32を五、六センチ浮かせた。

神津の顔が強張《こわば》った。その目は出入口に注《そそ》がれている。

「隙を見て社長室から逃《のが》れる気になったようだが、そうはいかないぞ。おれの前に坐るんだ」

加納は命じた。神津が忌々《いまいま》しげな顔で、コーヒーテーブルの向こう側に腰かけた。

ちょうどそのとき、案内に立ってくれた女性事務員が二人分の緑茶を運んできた。神津が女性事務員に縋《すが》るような眼差《まなざ》しを向けた。目配せもしたが、相手は気がつかない。

加納は空咳《からぜき》をして、グロック32の銃把《グリップ》に手を掛けた。もちろん、上着の裾で動きを隠した。神津は頬を引き攣《つ》らせている。

「どうぞごゆっくり……」

女性事務員が下がった。神津が溜息をつく。

「そっちが大声を出さなければ、発砲しないよ」

「どちらのお身内なんです？　こういうビジネスをしてるんで、その筋の方たちを何人か存じ上げてるんですよ。もしかしたら、矢吹さんの親分さんとも面識があるかもしれませ
ん」

「ヤー公に見られちまったか。これでも一応、ジャーナリストのつもりなんだがな。ちょいとブラックがかってることは認めるが」

「目的は、お金なんでしょ？」

「せっかちだな。それだけ危《ヤバ》いことをしてるんだろう。金のことは後で話そうや」

「わかりました。わたしのどんな弱みを押さえたとおっしゃるのかな」

「去年の十月に死んだ朝比奈結衣は、モデルの仕事だけでは喰えてなかったんだろ？」

「二十一、二のころは、いろいろオファーがあったんですよ。でも、二十五歳を境にモデルの仕事が激減しました。亡くなったときは、もう満二十六歳になってたんです。パリコ

レに一度でも出たことがあれば、もっと仕事に恵まれてたはずなんですが……」

「要するに、喰えるほどの稼ぎはなかったわけだ？」

「ええ、まあ。本気で女優にチャレンジする気持ちがあったら、もっと伸びてたでしょう。でも、結衣はあまり野心家じゃなかったんですよ」

「といって、ＯＬとして再スタートするほど若くはない。で、そっちはアルバイトを紹介してやったんじゃないのか。一晩で十五万稼げるバイトをさ」

「アルバイトって、何のこと？」

「ばっくれる気か」

加納は神津を見据えた。神津は視線を外さない。狼狽しているようにも見えない。

「そっちも若いころはモデルをやってたんで、演じることがうまくなったんだろうな。『帝都物産』に頼まれて、そっちは売れないモデルを説得し、外国人バイヤーの〝一夜妻〟に仕立てたんだろうが！　わかってるんだ。朝比奈結衣も、そのひとりだった」

「えっ、結衣は体を売ってたのか⁉」

「名演技じゃねえか。モデル事務所を畳んで役者になったほうが成功しそうだな。結衣は『帝都物産』が売れないモデルやテレビタレント、それから男擦《ず》れしてないデリヘル嬢たちを外国人バイヤーたちに与えて大きな商談をまとめてる事実を種《ネタ》にして三千万円前後の口止め料をせしめてたんだろう?」

「結衣が恐喝を働いてたって?　そんな大それたことをやれる娘《こ》じゃなかったよ。どちらかと言えば、欲なしだったんだ」

「しかし、モデルの仕事では生計を立てられなくなった。で、そっちに説得されて売春するようになったんだろう」

「ちょっと待ってくれ。わたしは、事務所のモデルたちに売春の斡旋《あっせん》をしたことなんか一度もない。広告代理店の重役やスポンサー企業の役員の中には気に入ったモデルを抱きたがる者もいるが、枕営業を強《し》いたこともないぞ。女郎屋の親父《おやじ》じゃないんだから、そこまで卑《いや》しい商売をする気はないよ」

「立派な心掛けじゃないか」

「からかわないでくれ。マンションの家賃や光熱費の支払いに困ってるモデルたちには何かアルバイトをしろとアドバイスしてたが、スナックかクラブで週に何度か働かせてもらえと言っただけだよ。体を売れなんてことは言うわけない。所属してるモデルは自分の娘か姪《めい》っ子《こ》のように思ってるんだ」

「芝居はしてないようだな」

加納は言った。

「もちろんだ。結衣が恐喝をしたと疑えるようなことがあるのか?」

「結衣には三千万円以上の預金があったんだよ」

「そんなに貯えがあったとは信じられないな」

「外国人バイヤーのセックス・パートナーを務めてたとしても、一、二年で三千万円以上の預金なんかできるわけない」

「それは、その通りだろうな。となると、結衣は『帝都物産』を強請って高額な口止め料を手に入れたんだろうか」

「おれは、そっちが朝比奈結衣を〝一夜妻〟に仕立てて、『帝都物産』から所属モデルの不始末の責任を取れって言われたんじゃないかとさえ思ってたんだが……」

「それ、どういうことなんだ? よく意味がわからないな」

「おれは、結衣は飛び降り自殺に見せかけて『帝都物産』の関係者に始末されたと睨んでるんだよ」

「M署の刑事から遺書を見せてもらったが、直筆《じきひつ》じゃなかったな」

「自殺ではないと疑える点が幾つもあるんだよ。具体的なことは話せないが、他殺の疑いが濃いんだ。アクセサリーショップを開業する予定で張り切ってた結衣が急に厭世的になるなんておかしいだろ?」

「そうだね」

「てっきりそっちは結衣の死の真相を知ってると思ったんだが、どうやら読みが外れたようだな。『フェニックス企画』の内部留保をそっくり吐き出させるつもりだったんだが、当てが外れたよ」

「あんたが摑んだ情報はいい加減ではなさそうだから、わたしと一緒にM署に行こうじゃないか。このまま自殺として片づけられたら、結衣は浮かばれない」

　神津が言った。

「だから？」

「あんたには、情報提供料として百万渡す。それだから、M署で知ってることをすべて話してくれないか。頼む！」

「断る。そんな端金《はしたがね》なんか欲しくないし、おれは警察嫌いなんだよ。邪魔したな」

　加納はすっくと立ち上がり、社長室を出た。そのままモデル事務所を辞し、雑居ビルを後《あと》にする。

　かつて小野寺春奈が働いていたデリヘル嬢派遣クラブの店長の弱みを摑む方法を考えながら、加納はランドローバーに駆け寄った。

3

ダブルベッドの部屋だった。

赤坂見附駅の際《きわ》にあるシティホテルの十二階だ。加納はソファに腰かけ、煙草を吹かしていた。

チェックインしたのは十五分ほど前だった。加納は部屋に落ち着くと、『ブルーローズ』に電話をかけた。偽名を告げ、セクシーなデリヘル嬢を部屋に派遣してくれるよう頼んだ。

そのうち、彩乃《あやの》というデリヘル嬢が来訪するだろう。加納の上着のポケットには、ICレコーダーが入っていた。彩乃から『ブルーローズ』の責任者の弱みを聞き出す気でいる。

相手の弱みにつけ入り、小野寺春奈が『帝都物産』に雇われて外国人バイヤーの〝一夜妻〟を務めていたかどうかを確認するつもりだ。

一服し終えたとき、私物のスマートフォンが振動した。スマートフォンを懐から取り出す。発信者は美人強請屋の恵利香だった。

「風俗ライターの話は虚偽情報《ガセネタ》じゃないようよ。わたし、武蔵小杉《むさしこすぎ》にある朝比奈結衣の実家に行ってきたの」

「『帝都物産』から口止め料をせしめる気になったんだな。図星だろ？」

「わたしは、長瀬健の死の真相を知りたいと思ってるだけよ」

「喰えない女だ。ま、いいさ。で、何がわかった？」

　加納は訊いた。

「結衣はモデルの収入だけでは食べられなくなったんで、『帝都物産』のレセプション・パーティーのコンパニオンをやってると母親に打ち明けてたそうよ」

「さすがに外国人バイヤーの〝一夜妻〟をやってるとは言えなかったんだろうな」

「そうなんでしょうね。そうした副収入があったんで、アクセサリーショップの開業資金を工面できたとも話してたらしいわ。事業を成功させたら、両親をヨーロッパ周遊旅行に招待してやると言ってたんだって」

「娘が何かで思い悩んでる様子は？」

「そうした気配はまったくうかがえなかったらしいわ」

「そうか」

「お母さんから結衣が親しくしてた友達のことを教えてもらったんで、わたし、その彼女に会いに行ったのよ」

「何か収穫があったようだな」

「そうなの。友達の話によると、去年の九月の末、結衣は自宅マンションの近くで二人の男に拉致《らち》されそうになったんだって。男たちにワンボックスカーの中に押し込まれそうになったらしいんだけど、運よく人が通りかかったんで……」

「難を逃れることができたのか」

「そうなんだって。ワンボックスカーで逃げた二人組は、『帝都物産』に雇われた裏便利屋か何かなんじゃない？」

「そうだとしたら、結衣は『帝都物産』をすでに強請ってたんだろう。彼女を拉致できなかったんで、仕方なく『帝都物産』は三千万円前後の口止め料を払ったんじゃないか」

「結衣は味をしめて、追加のお金を要求したのかもしれないわね。だから、消されることになったんじゃない？」

「そうじゃないとしたら、『帝都物産』は結衣に際限《さいげん》なく強請られることを恐れて、先に手を打つことにしたんだろうな」

「ええ、それも考えられるわね」

「わざわざ情報を提供してくれたのは、『帝都物産』を咬《か》んでも逮捕しないでくれってことなんだろ?」

「わたし、それほど強《したた》かな女じゃないわよ。死んだ長瀬さんを早く成仏させたいだけ。それに……」

「何だい?」

「加納さんは彼氏じゃないけど、ただの知り合いってわけでもないんでね」

「おれたちは、もう秘密を共有してる。もっと親しくなるべきなんじゃないのか」

「彼氏面《づら》しないでと言ったはずだけどな。それじゃ、また!」

恵利香が素っ気なく言って、先に電話を切った。

加納は苦笑し、スマートフォンを所定のポケットに戻した。女性の心理がよくわからない。恵利香は他人に借《か》りを作りたくないと常日頃、口にしていた。

それだけの理由で、自分に二度ほど身を任せたのだろうか。恵利香は、男女のべたついた関係を嫌っている。そのことは、ありがたい。加納も恋愛に関してはドライなほうだった。

しかし、憎からず想《おも》っている相手とはもう少し距離を縮めたい気もする。もっと頼りにされたいし、素直に甘えてほしかった。だが、そうされたら、相手の存在が重たくなるかもしれない。

いまの距離感が案外、お互いにとって最良とも思えてきた。惚れた女に翻弄《ほんろう》されるのは、それほど不快ではない。当分、このままでいるべきか。

部屋のチャイムが鳴った。

彩乃が到着したようだ。加納はソファから立ち上がって、ドアに歩み寄った。

「はい」

「矢吹さんのお部屋ですね？『ブルーローズ』の彩乃です」

ドア越しに若い女性の声がした。加納はドアを開けた。

彩乃は飛び切りの美女ではなかったが、色香を漂わせている。二十四、五歳だろうか。

加納は彩乃を室内に請《しょう》じ入れ、さりげなく上着のポケットに手を滑り込ませた。ＩＣレコーダーの録音スイッチを押し、彩乃をソファに坐らせる。

「とってもセクシーだな」

「そうですかね。もう少し年配の男性が出張のついでにデリバリーの娘《こ》を呼んだのかと思ってましたけど。まだ三十代ですよね？」

「ぎりぎりな。三十九なんだが、下半身はまだ二十代だと思うよ」

「うふふ」

彩乃がくすぐったそうに笑った。加納はベッドの端に腰かけた。

「少し前にシャワーを浴びたばかりなんだ」

「そうなんですか。それでは、わたし、大急ぎで体を洗ってきます」

「確認しておきたいんだが、本番もオーケーだよな？」

「通常料金に一万五千円上乗せしていただければ、もちろんオーケーです。オーラル・セックスだけでは、満足できませんもんね」

「売春は法律で禁じられてる。当然、知ってるだろう？」

「お客さん、冗談きついですよ。時間がもったいないから、わたし、シャワーを浴びてきます」

「実は、こういう者なんだ」

加納は上着のポケットから、ＦＢＩ型の警察手帳を取り出した。開いて、顔写真付きの身分証を呈示する。

「それ、ポリスグッズの店で売られてる模造品でしょ？」

「いや、本物さ」

「嘘ーっ」

彩乃が弾かれたように立ち上がった。

「坐るんだ。捜査に協力してくれたら、きみを捕まえたりしないよ」

「四万円弱しか持ってませんけど、それを差し上げます。それから、只で抱かれてもいいわ。わたし、田舎の両親にはちゃんと事務機器販売会社でＯＬをやってると言ってあるんです。その会社は二年前に辞めて、デリヘルの仕事をやってるんですよ。お給料が安かったので、かつかつの生活をしてたんです」

「落ち着けよ。きみは、まだ客とセックスをしたわけじゃない。売春防止法違反で逮捕はできないんだよ」

「あっ、そうか。そうですよね」

「しかし、きみが体を売ってることを立証することは難しくない」

加納は彩乃を直視した。彩乃がうつむき、尻《しり》をソファに沈める。

「以前、『ブルーローズ』で働いてた小野寺春奈のことは知ってるね？　美咲という源氏名を使ってたかもしれないな。関東テレビの『ニュースオムニバス』という番組のＡＤをやってた娘《こ》だよ」

「その彼女は沙霧《さぎり》ちゃんです。本名は知りませんけど、ＡＤだったことは確かですよ。個人的なつき合いはありませんでしたけど、同僚だったの。待機してるマンションの部屋でよく顔を合わせてました」

「そう」

「沙霧ちゃん、何か危《ヤバ》いことをやったんですか？」

「そういうわけじゃないんだ。ある事件に巻き込まれたみたいなんだよ。『ブルーローズ』で仕事をしながら、何かで副収入を得てたようなんだ」

「そう言われれば、ある時期から沙霧ちゃんは金銭的に余裕が生まれたみたいでしたね。わたしたちが客待ちをしてるマンションにおやつのケーキやハンバーガーを五、六人分持ってくるようになったんですよ。どんなことで増収を図ったのかは知らないけど、デリヘルの仕事以外でも稼いでたのは間違いないでしょうね」

「ほかに、急に金回りのよくなった仕事仲間はいなかった？」

「七海《ななみ》って源氏名の娘《こ》がいたけど、去年の秋に九州の実家に戻っちゃったの。でも、お金がたくさん稼げたということで田舎に帰ったわけじゃないんです。ナイジェリア人男性に妊娠させられて中絶したとき、子宮が傷ついたとかで体調を崩してしまったの」

「『ブルーローズ』の客には、黒人もいたのか」

「たまに在日中国人や東南アジア系の男が客になるけど、アフリカ人に呼ばれた娘《こ》はいないはずです。七海ちゃんは、どこかでナンパされた黒人に姦《や》られちゃったのかもね」

「あるいは、外国人相手に売春してたんじゃないのかな」

加納は水を向けた。

「そうなのかしら？」

「七海って娘《こ》、金銭欲は強いほうだった？」

「そうでしたね。たくさん稼げるんだったら、彼女は黒人とも平気で寝そうだったわ。わたしは、そこまでは割り切れないけど」

「きみは人種差別主義者なのか？」

「ううん、そうじゃないの。そういう意識はないんだけど……」

「肌の色は違っても、同じ人間だよ。そんなふうに偏見にとらわれるのはよくないな。ところで、『ブルーローズ』のオーナーのことを教えてほしいんだ」

「経営者は多摩の大地主みたいなんだけど、よくわからないの。店長は元商社マンと聞いてます」

「元商社マンだって？」

「ええ。『帝都物産』に勤めてたみたいなんだけど、違法カジノに出入りしてるうちに暴力団関係者と親しくなって、コカイン中毒になったようなの。で、会社を辞めて『ブルーローズ』の店長になったらしいんです」

「店長の名は？」

「秋《あき》庭《ば》諒《りよう》です。四十三歳だったかな。退職したときに離婚して、いまは独り暮らしをしているの。名門大学を出て『帝都物産』に入ったそうだけど、人生、どこに落とし穴があるかわからないですね」

「その秋庭って店長は、ふだんは田町《たまち》通りの事務所にいるんだろ？」

「ええ。自宅マンションは赤坂七丁目にあるんだけど、ほとんど事務所に詰めてますね」

「そう。コカイン中毒はひどいのかな？」

「もう完全に中毒者《ジャンキー》ですね。事務スタッフが近くにいても、ストローを使って平気で白い粉を鼻から吸い込んでるの」

「コカインは、知り合いのやくざから仕入れてるのかな？」

「そうなんだと思います。ふだん店長は穏やかなんだけど、コカインが切れると、すごく怒りっぽくなるの。お客さんからクレームのついた娘《こ》を平気で何発も殴りつけたりするのよ。グーで殴られて、前歯を二本折られた娘《こ》もいましたね」

「薬物にハマった奴は、人格が変わるからね。きみは覚醒剤《スピード》やコカインに手を出してないよな？」

「ドラッグは何もやってません。注射痕なんか、どこにもありませんよ。見てください」

彩乃がソファから立ち上がり、衣服を脱ぎはじめた。

「わかった、わかった。裸にならなくてもいいよ」

「わたし、裸になります。刑事さん、わたしを好きにしてください。このままじゃ、不安なんですよ」

「きみを検挙《アゲ》たりしないって」

「そう言われても、わたし、不安でたまらないの」

「おれは刑事だぜ。仕事柄、きみを抱くわけにはいかないよ。外したシャツのボタンを掛けてくれ」

加納は言った。彩乃が後退《ず》さりながら、手早く着衣を脱ぎ捨てた。ブラジャーを外し、パンティーも足首から抜く。肉感的な肢体《したい》だ。

「まいったな。コース料金は払うよ。だから、服を着てくれないか」

「お客さんの代金は、わたしが負担します」

「そんなことはさせられない」

加納はICレコーダーの停止ボタンを押し、ダブルベッドから滑り降りた。懐から札入れを出したとき、彩乃が回り込んでベッドの上に横たわった。仰向けだった。

「部屋から叩き出すぞ」

加納は肩を竦《すく》めた。

彩乃が両脚をM字に開いた。秘めやかな場所がもろに見える。赤く輝く合わせ目は、わずかに笑《え》み割れていた。淫《みだ》らな眺めだった。

「若い男じゃないんだから、女の大事なところを見たからって、すぐに勃起なんかしないよ」

「だったら、お客さんのアレをくわえさせてください」

「きみの気持ちだけ貰っておく。起き上がって、服を着てくれ」

「こうすれば、感じてくれるかもしれませんね」

彩乃は右手の指を舐めると、肉のフリルを大きく捌《さば》いた。複雑に折り重なった襞《ひだ》は、淡いピンクだった。濡れて光っている。

彩乃は二枚の花びらをいじってから、敏感な突起を指の腹で刺激しはじめた。小さく尖《とが》った部分がころころと動く。彩乃は指を動かしながら、切なげに喘《あえ》ぎはじめた。

「それ以上、そそらないでくれ」

「抱いてください。そうしてもらわないと、わたし、不安でたまらないんです」

「そっちに恥をかかせることになったが、実はおれ、女が苦手なんだ」

加納は苦し紛《まぎ》れに嘘をついた。

相手がもっと熟《う》れた女なら、いつものように据え膳を喰っていただろう。だが、まだ彩乃は若い。そんな相手の弱みにつけ入ることはできない。

「お客さん、ゲイだったんですか⁉」

　彩乃が跳《は》ね起きた。

「そうなんだよ。警察官や自衛官の中には、おれみたいな奴が割にいるんだ」

「そういうことなら、わたしを抱くのは無理ですね」

「悪いな、女のプライドを傷つけてさ。ごめん！」

　加納は頭に手を当てた。

　彩乃が寂しげに笑って、ベッドから離れた。手早くランジェリーを身につけ、衣服もまとう。

「三万七、八千円しかありませんけど、お金を受け取ってください。お願いです」

「おれは、たかり屋じゃない。ちゃんとコース料金を払うよ」

　加納は、二枚の一万円札を彩乃に握らせた。

「困ります。わたし、安心したいんです」

「きみを検挙したりしないって約束してもいい。その代わり、店長の秋庭には何も言わないでくれないか」

「店長には何も言いませんけど、それでいいんですか？」

「ああ。協力に感謝してるよ」

「そ、そんな……」

「引き取ってもらえるかな」

「わかりました。大目に見てくれて、ありがとうございました」

彩乃が深く頭を垂れてから、部屋を出ていった。

加納はソファに坐り、煙草に火を点けた。『ブルーローズ』の秋庭という店長は、かつて『帝都物産』に勤めていたらしい。秋庭が『帝都物産』に外国人バイヤーの〝一夜妻〟として、小野寺春奈や七海を送り込んだと思われる。

モデルだった朝比奈結衣と秋庭に接点がないとしたら、別の人間が『帝都物産』に紹介したのだろう。その人物は売れないモデルだけではなく、オファーの少ないテレビタレントも『帝都物産』に世話したのではないだろうか。

加納は煙草を喫い終えると、部屋を出た。一階のフロントに下《くだ》り、チェックアウトする。フロントマンは顔にこそ出さなかったが、客の滞在時間の短さに驚いているにちがいない。

有名ホテルも昼間、情事に使われることがある。そうしたカップルでも、最低三時間は部屋に留《とど》まるのではないか。フロントマンは、自分のことを奇妙な客と思ったことだろう。

加納は地下駐車場に下《くだ》り、ランドローバーに乗り込んだ。田町通りは目と鼻の先だ。

十分も車を走らせないうちに、『ブルーローズ』の事務所のある雑居ビルを探し当てた。古びた建物だった。

加納は雑居ビルの近くにランドローバーを駐め、通りを斜めに横切った。雑居ビルの中に入り、エレベーターで五階に上がる。

『ブルーローズ』のインターフォンを鳴らすと、三十歳前後の男が応対に現われた。

「どちらさんでしょう？」

「警視庁の者だ。店長の秋庭諒さんはいるかな」

加納は警察手帳をちらりと見せた。相手が緊張する。

「おりますが、どのようなご用件でしょう？」

「ただの聞き込みだよ。店長のほかに誰かスタッフはいるのか？」

「いまは店長しかいません」

相手が答えた。加納は相手の掌《てのひら》に五千円札を載せた。

「近くでコーヒーでも飲んで、十五分ぐらい時間を潰してほしいんだ」

「五千円もいただいちゃって、いいんですか。コーヒー代は、そんなに高くありませんから」

「煙草でも買えばいいさ」

「すみません。それじゃ、遠慮なく貰っちゃいます」

男は嬉しそうに笑い、エレベーターホールに足を向けた。

加納はノックし、デリヘル嬢派遣クラブの事務所に足を踏み入れた。パソコンに向かっていた四十絡みの男が椅子ごと振り返った。特徴のない顔で、眼鏡をかけている。

「警視庁の者だが、秋庭諒だな？」

加納は警察手帳を呈示したが、身分証の部分は三本の指で巧みに隠した。

「秋庭ですが、法律に触れるようなことはしていませんせん」

「よく言うな。デリヘル嬢たちに本番をやらせてることはわかってるんだ。売春斡旋で検挙されたくなかったら、こっちの質問に正直に答えるんだな」

「うちのクラブのどの娘《こ》が体を売ってるんです？　その女の名前を教えてくださいよ」

「コカインを鼻から充分に吸い込んだばかりなのかな。やけに威勢がいいじゃないか。ついでに、麻薬取締法違反で地検に送致してやるか」

「そ、それは……」

秋庭が目を逸《そ》らす。

「おたく、『帝都物産』の元エリート社員だったらしいな。違法カジノに通ってるうちに筋者たちと腐れ縁ができて、辞表を書かざるを得なくなった。コカインにもハマってるんで、妻からも見放されたんじゃないのか」

「警察がそこまで調べてるってことは、もう裁判所から令状が出たんでしょ？」

「その質問には答えられないが、そっちが捜査に協力的なら、コカインのことには目をつぶってやってもいい」

「そういうことなら、全面的に協力しますよ。何が知りたいんです？」

「『帝都物産』は売れないモデルやテレビタレント、それから素人っぽいデリヘル嬢を外国人バイヤーの〝一夜妻〟にしてるな。セックス・パートナーを供して、でっかい商談をまとめてるってわけか。そうなんだろ？」

「えっ、そうなの⁉ どの商社もODAを巧《たく》みに吸い上げてるが、そこまで露骨な餌《えさ》の撒《ま》き方はしてないと思うな」

「そっちが沙霧や七海って娘《こ》を『帝都物産』に紹介したことはわかってるんだっ。ブラフじゃないぞ」

「…………」

「肯定の沈黙だな。『帝都物産』の窓口の名を言うんだっ」

「それは言えませんよ。会社にいたころ、目をかけてくれた方なんです。恩人を裏切るわけにはいかない」

「そういうことなら、死んでもらうか」

加納はインサイドホルスターからグロック32を引き抜き、安全装置を外した。スライドを引いて、銃口を秋庭のこめかみに突きつける。

「あんた、本当に刑事なのか⁉　こんな荒っぽいことをやる警察官がいるわけない」

「いろんな刑事がいるんだよ。そっちに〝一夜妻〟を集めてくれと言ってきたのは、誰なんだっ」

「あんたは狂ってる。クレージーだ」

「答えなきゃ、撃つ！」

「やめろ、撃たないでくれーっ。あっ……」

秋庭は腰かけたまま、尿失禁していた。恐怖に克《か》てなかったのだろう。

「コカイン中毒だからか、小便が臭《にお》うな。鼻がひん曲がりそうだ」

「総務部長の明石《あかし》さん、明石裕一《ゆういち》さんに頼まれて沙霧と七海を紹介したんだよ。外国人バイヤーと寝るだけで十五万円の謝礼を貰えるので、二人はすぐ乗り気になった。でも、七海はアフリカ人バイヤーに妊娠させられて中絶手術を受けたときの後遺症で体調を崩したんで、九州の実家に帰ったんだ」

「沙霧も〝一夜妻〟を辞めたようだな。モデルだった朝比奈結衣も〝一夜妻〟だったんだろ？」

「その彼女とか売れないテレビタレントは、悪徳芸能プロの社長が紹介したようですよ。明石さんがそう言ってたが、詳しくは教えてくれなかったんだ。裏社会と繫《つな》がりが深いんだろうね」

「沙霧と朝比奈結衣の二人は、〝一夜妻〟のことを恐喝材料にして『帝都物産』を強請ってたな？」

「その話は知らない。明石さんから何も聞いてないんですよ」

「そうか。明石に告げ口したら、そっちの両手に手錠が喰い込むぞ」

加納は拳銃をホルスターに収め、『ブルーローズ』を出た。

4

見通しが利く。

『帝都物産』の表玄関ばかりでなく、社員通用口まで見える。加納は、丸の内にある『帝都物産』を十分ほど前から張り込んでいた。

明石総務部長が社内にいることは、偽電話で確認済みだ。来客中だという話だった。

刑事用携帯電話《ポリスモード》に写真メールが送信されてきた。明石の顔写真を送ってくれたのは、三原刑事部長だった。本庁の運転免許本部から取り寄せてくれたコピーの顔写真だ。

明石はぎょろ目で、馬面《うまづら》だった。生《は》え際《ぎわ》が大きく後退している。実年齢の五十二歳よりも老《ふ》けて見えた。

加納は、刑事部長のポリスモードにかけた。スリーコールの途中で、電話が繋がった。

「明石の顔写真《ガンクビ》、ありがとうございました」

「ちょっと不鮮明だが、特徴のある造作だから、尾行で見失うことはないだろう」

「そうですね。明石に犯歴はなかったんでしょう?」

「ああ、前科《マエ》はなかったよ。ただ、総務部長という役職なんで、会社の味方になってくれる与党総会屋や経済やくざとはつき合いがあるにちがいない。闇社会の顔役たちともパイプを持ってるんだろう」

「でしょうね」

「総務部長の明石が元部下の秋庭や知り合いの悪徳芸能プロの社長に〝一夜妻〟を集めさせたことは間違いないだろう。といっても、明石が外国人バイヤーにベッド・パートナーを宛てがおうと提案したわけじゃないだろう」

「ええ。会社ぐるみというか、言い出しっぺは重役なんでしょうね」

「そう思っていいだろうな。副総監直属の特務班が少し調べてくれたんだが、明石は妻にサプリメントの輸入販売会社を経営させてたんだが、ちょうど一年前に倒産してしまったんだ。負債額は二億円近かったんだが、すでに半分は返済してる。世田谷区奥沢《おくさわ》の自宅は抵当に入ってないらしい」

「明石は何か非合法ビジネスで荒稼ぎして、借金を半分ほど返したのかもしれませんね。総会屋や経済やくざとつき合ってるんなら、悪知恵を授《さず》けてもらえるでしょうから」

「そうだな。そうではないとしたら、どんな手段で大金を得たんだと思う?」

三原が問いかけてきた。

「〝一夜妻〟を抱いた外国人バイヤーたちの弱みにつけ込んで、キックバックを要求してたのかもしれません。『帝都物産』が売った代金を予《あらかじ》め水増ししておいて、五百万から一千万円程度を掠《かす》めてたんじゃないんですかね」

「そういうことも考えられそうだな。いずれにしても、明石は倒産した会社の負債を不正な手段を使って半分ほど返済した疑いがある」

「ええ。『帝都物産』が外国人バイヤーにセックス・パートナーを提供してることも醜聞《スキャンダル》になりますが、総務部長が裏で何かダーティー・ビジネスに励んでたら、企業のイメージはさらにダウンします」

「そうだね。〝一夜妻〟の件で小野寺春奈や朝比奈結衣に強請られて片方を自殺に見せかけて始末し、さらに関東テレビの長瀬記者も消していたとしたら、それこそ殺人商社じゃないか」

「そうですね。これまでの捜査の流れを考えると、長瀬健は小野寺春奈が〝一夜妻〟をやってたことを知り、『帝都物産』の汚い商法を告発する気でいたんでしょう」

「そう筋を読みたくなるね。小野寺春奈は口止め料を追加要求したんで、命を狙われることになったと思われるな」

「そうなんでしょうね」

「しばらく明石総務部長をマークしてみてくれないか。春奈の実家は、堂副総監の直属の特務班員たちに交代で張り込んでもらってるんだ。春奈は当分、実家には近づかないと思うが……」

「そうでしょうね。何かわかったら、すぐに報告します」

加納は電話を切って、刑事用携帯電話を懐に戻した。ダッシュボードの時計を見る。

午後七時を回っていた。外気は熱を孕《はら》んでいたが、車内はかなり涼しい。加納は冷房の設定温度を二度ほど上げた。

そのすぐ後、『帝都物産』の表玄関から野口恵利香が出てきた。

加納は反射的にクラクションを短く鳴らしそうになった。すぐに思い留《とど》まる。恵利香の注意を車に引き寄せたとき、明石に見られるかもしれない。

私物のスマートフォンを摑み出し、女強請屋に電話をかける。恵利香が『帝都物産』の本社ビルの前で立ち止まって、スマートフォンを耳に当てた。

「加納さん、どうしたの？」

「おれは、すぐ近くにいるんだ。車の中だよ」

「え？　気がつかなかったわ」

「こっちを見るな。スマホを耳に当てながら、大手町に向かって二百メートルほど進んでくれないか。後で車をそっちの横につける」

「わかったわ」

「おれの車に視線を向けないようにな」

加納は通話を切り上げ、ステアリングを握り直した。目で恵利香を追う。指示した通りに歩《ほ》を進めている。

加納は車を発進させ、徐行運転しつづけた。二百メートルあまり先で、ランドローバーを路肩に寄せる。

ごく自然に恵利香が助手席に乗り込み、静かにドアを閉めた。

「うわーっ、涼しい！　車の中は天国ね。外を歩いてると、ランジェリーまで汗で湿っちゃうの」

「それじゃ、気持ち悪いだろ？　近くのホテルで脱がせてやるよ。その前に新しいブラジャーとパンティーを買ってやらないとな」

「ノーサンキューよ」

「悪ふざけは、これぐらいにするか。総務部長の明石に会って、揺さぶりをかけたようだな」

「いい勘してるわね。その通りよ。モデルだった朝比奈結衣と親交があったと偽って、いろいろ鎌をかけてみたの」

「どんな鎌のかけ方をしたんだ？」

「それは企業秘密よ――なあんてね。結衣が外国人バイヤーの〝一夜妻〟をしてるって話を聞いてたとストレートに揺さぶりをかけたら、明石は一瞬うろたえたわ」

「図星だったからだろうな」

「でしょうね。でも、すぐに天下の巨大商社がそんな汚い接待をするわけないと笑い飛ばしたわ。だけど、頬は引き攣《つ》ってた」

「大胆だな。明石はすぐにそっちの素姓《すじよう》を誰かに調べさせるだろう」

「そうみたいね」

「だとしたら……」

加納はルームミラーとドアミラーに交互に目をやった。数十メートル後方に、二十代後半の男がたたずみ、ランドローバーを見ている。

「あの男は、総務部員よ。ええ、間違いないわ」

恵利香がドアミラーを覗き込みながら、言い重ねた。

「脅迫に屈し、『帝都物産』が売れないモデルに多額の口止め料を払ったにちがいないわよ。さらに毟《むし》られそうになったんで、結衣を自殺に見せかけて片づけた疑いが濃いわね。ただ、姿をくらました春奈は口止め料を少ししか受け取れなかったんじゃない？　それが不満で、小野寺春奈は追加分を要求しつづけてた」

「それだから、『帝都物産』に雇われた男たちに追い回されてる？」

「そうなんじゃないかしらね。話が前後するけど、春奈は『帝都物産』がまとまった口止め料を出し渋ったので、関東テレビの長瀬さんに〝一夜妻〟のことを喋ったんじゃない？」

「そういう推測はできるよな。しかし、春奈が『ブルーローズ』を辞めて、仙台に移ったのはだいぶ前だ。長瀬記者は休日を利用して仙台に出かけ、義誠会の企業舎弟《フロント》のことを取材してた」

「ええ、そうね。春奈は長瀬さんを敬《うやま》ってたようだから、スクープ種《だね》を二つ教えてたんじゃないかな。それで、長瀬さんは二つのスクープ種を並行して調べてたんじゃない？　そう考えれば、休みの日に仙台に出かけてたことの説明はつくわ」

「そうなんだが……」

「釈然としないのね？」

「長瀬の事件には、義誠会関係者は絡んでなかったようなんだ。『帝都物産』は長瀬記者に危《ヤバ》いことを暴かれる前に始末しそうだがな」

「そうしたら、警察に怪しまれると思ったんじゃないのかな。そんなことで、六月に長瀬さんを葬ったんじゃない？」

「そうなんだろうか。そっちは、明石に長瀬健のことをちらつかせたのか？」

「ええ、もちろん」

「どんな反応だった？」

「ぎくりとしたわ、一瞬だけだったけどね。だから、『帝都物産』が六月の射殺事件に関与してる証拠も握ってるってブラフをかましてやったの」

「そしたら？」

「会社の人間が長瀬さん殺しに関わってるはずはないと怒ったわ。その怒り方がオーバーだったのよ。疚《やま》しさがあるので、烈《はげ》しく憤《いきどお》ってみせたんでしょうね」

「長瀬健は『帝都物産』の社員から情報を集めてたと思うんだよ、春奈から聞いた話が事実かどうか確認するためにな」

「わたし、明石に会う前に今春、リストラ解雇された総務部員から話を聞いたのよ。その男性《ひと》は五十六歳で、かつては原油の産出国の駐在員事務所の所長をやってたの。柿沼《かきぬま》仁《ひとし》という名で、ロマンスグレイなのよ。渋くて、ちょっと素敵だったわ」

「そっちは、おじさんが好きだったのか。知らなかったよ」

「ジェラシーを感じてるの？」

「うぬぼれるなって。そんなことより、その柿沼って男はなんで肩叩きに遭ったんだい？」

「高い原油を買わされた上に相手国の政府高官に袖の下を使うのは屈辱的だと、ろくに接待しなかったんだって」

「なかなか骨があるじゃないか」

「そうね。でも、柿沼さんの正論は通らなかったんだって。先方は賄賂《わいろ》にありつけなかったことに腹を立て、原油を売り渋ったらしいの。『帝都物産』に譲ることになってたオイルを別の買い手に回すと言い出して、十五パーセントも値をつり上げたそうなの」

「要するに、原油の買い付けに失敗したんだな」

「そういうことになるんでしょうね。一バーレル当たりの売り値をいきなり十五パーセントも上げられ、その条件を呑まされたわけだから」

　恵利香の声には、同情が含まれていた。

「そんなことで、柿沼氏は会社に損失を与えたんだ？」

「そうらしいの。で、総務部に異動になったんだって。それも、課長補佐だったみたいよ」

「屈辱的な人事異動だろうな」

「そう感じるでしょうね。柿沼さんは会社の陰険な報復人事に腹を立てて、総務部長の明石に総会屋との癒着はやめるべきだと進言したり、外国人バイヤーから接待を押しつけられたら、決然と断るべきだと説教したらしいの。柿沼さんのほうが年上だからね。でも、ポストは下だから、明石は面白くなかったんでしょう」

「総務部長は役員の力を借りて、柿沼氏を職場から追い払ったわけか」

「そうみたいよ。早期退職を迫られた恨みがあって、柿沼さんはわたしにいろいろ話してくれたの」

「そうか」

「真偽はわからないけど、外国人バイヤーに〝一夜妻〟を与えようと重役に提案したのは明石なんだと言ってたわ」

「その重役の名は？」

「さすがにそこまでは教えてくれなかったわ。でも、明石はその役員に目をかけられてるみたいよ」

「そうなんだろうな。それで、明石は点数を稼ぐ気になったんだろう。それはそうと、肝心なことだが……」

「前置きが長くなっちゃったわね。関東テレビの長瀬さんは元社員の柿沼さんの自宅を訪ねて、『帝都物産』が外国人バイヤーに〝一夜妻〟を与え、大口の商談をまとめてるという噂は事実かどうか確かめたらしいの。柿沼さんは、事実だと思うと答えたそうよ」

「ほかに長瀬健は、柿沼氏に確認しなかったんだろうか」

「誰が〝一夜妻〟を集めてるのかと質問したみたいね」

「その質問に対して、柿沼氏はどう答えたって？」

「断言はできないけど、明石自身が接待用のベッド・パートナーを集めてるんだと思うと

「……」

「そうか。柿沼氏が明石を陥れようと作り話をした可能性がないとは言い切れないが、ま、信用してもいいだろうな」

「柿沼さんが子供じみた仕返しをするとは思えないわ。わたしは、柿沼さんの話を信じてる」

「長瀬健が明石の身辺を調べ回ってたことが裏付けられたとなると、『帝都物産』が六月の射殺事件に絡んでる疑いは消えないな」

「ええ、そうね」

「『帝都物産』の人間が任意同行を求められたら、そっちは口止め料をせしめられなくなる。明石を強請るなら、その前にやれよ」

「いいのかな、現職刑事がそこまでアナーキーなことを言っちゃっても」

「おれ、何か言ったか」

「え？」

「おれの声が聞こえた気がしたんだろうが、そいつは空耳だよ」

「加納さん、なかなか心理学者なのね」

「それ、どういう意味なんだ？」

「そんなふうに男の美学をもろに出されると、わたし、弱いのよね。本気で惚れちゃうかもしれないな」

「そうしてくれ」

「甘い！　わたしは、それほど単純じゃないわ」

「面倒臭い女だな。でも、気になる存在だよ。狡猾《こうかつ》な悪人から口止め料を脅し取ることは、そっちの正義なんだろう。おれは邪魔したりしない。しかし、おれにバレないようにしてくれ」

「あなたは一応、刑事だものね。加納さんには、加納さんの正義がある。そのことはわかってるわ」

「だったら、下手を打つなよ。それから、敵を侮《あなど》るな。相手は長瀬健と朝比奈結衣を始末して、小野寺春奈の命も狙ってるかもしれないんだ。油断してたら、そっちも殺《や》られちまうぞ」

加納は忠告した。

恵利香が童女のようなうなずき方をして、加納の頬に軽くくちづけした。一瞬の出来事だった。唇は柔らかかった。

「いろいろありがとう」

恵利香が車を降り、小走りに去った。後ろ姿も魅惑的だった。

「明石の動きを探《さぐ》ってみよう」

加納は呟《つぶや》き、ランドローバーのシフトレバーに手を掛けた。

第五章　哀しい犯行動機

1

張り込み場所に戻って二時間が経過した。

加納は車を脇道に隠し、物陰から『帝都物産』の本社ビルに視線を向けていた。夜になって少し暑さは和《やわ》らいだが、大気はまだ熱を孕《はら》んでいる。蒸し暑かった。

車の中で張り込めないのは辛い。だが、明石総務部長の部下にこちらの様子をうかがわれた。不用意に『帝都物産』の本社ビルの近くにランドローバーを駐《と》めるわけにはいかない。

見覚えのある若い男が社員通用口から現われたのは、張り込んでから二時間十数分後だ。明石の部下だった。

男はあたりを見回しながら、本社ビル前に回り込んだ。左右に目を配ってから、小走りに通用口に駆け戻った。

じきに明石が姿を見せた。部下の男が軽く頭を下げ、本社ビルの中に消えた。明石が大通りに向かって歩いてくる。

タクシーを拾うかもしれない。

加納は脇道に駆け込み、急いでランドローバーに乗り込んだ。車を発進させ、大通りに出る。数十メートル先のガードレールにランドローバーを寄せた。

勘は当たった。明石は車道の端に立ち、目でタクシーの空車を探している。加納の車には目もくれない。

数分後、明石はタクシーを捕まえた。グリーンとオレンジに塗り分けられた車だった。目立つ。見失うことはないだろう。加納は、ほくそ笑《え》んだ。

明石を乗せたタクシーが走りだした。

加納は充分に車間距離を取ってから、慎重に尾《つ》けはじめた。タクシーは二十分ほど走り、紀尾井町《きおいちょう》の老舗料亭に横づけした。

明石はタクシーを降りると、慌《あわ》ただしく料亭の中に入っていった。タクシーが走り去る。

加納は老舗料亭の黒塀の際《きわ》に車を駐め、手早くライトを消した。エンジンも切る。しかし、すぐには外に出なかった。車内で一服してから、静かにドアを開ける。

加納は料亭の踏み石をたどって、玄関口に近づいた。

と、六十年配の小柄な男が玄関戸を開けた。半纏《はんてん》を羽織っている。下足番だろう。

「いらっしゃいませ。どなたのお座敷に……」

「客じゃないんですよ」

「どちらさまでしょう?」

「警視庁の者です」

加納は警察手帳を相手に見せた。

「ご苦労さまです。お客さまは、どなたも立派な方々でございます。また女将《おかみ》をはじめ、わたくしたちも真面目に生きてます」

「こちらのお客さんを被疑者としてマークしているわけじゃないんですよ。その逆なんです」

「逆とおっしゃられますと、お客さまのどなたかが悪い人間に何かされたのでしょうか?」

「その疑いがあるんですよ。さきほど『帝都物産』の明石総務部長がこちらに入ってきましたでしょ？」

「は、はい」

「どなたが予約した座敷に上がられたんです？」

「そうしたご質問にわたくしの一存でお答えしていいものかどうか、お客さまの個人情報を明かすことにもなりますでしょ？　下足番のわたくしが勝手に判断することはできません。女将の許可をもらってきましょう」

「明石さんは命を狙われてるかもしれないんですよ」

「えっ⁉」

下足番が声を裏返らせた。

「そういうことですので、人助けだと思って協力していただけませんかね」

「わかりました。明石さまが向かわれたのは、会社の片岡礼次《かたおかれいじ》副社長のお座敷でございます」

「片岡副社長のことは、捜査関係者も把握《はあく》してなかったな。明石さんは、副社長に目をかけられてるんでしょう？」

加納は探りを入れた。

「そうなんだと思います。片岡副社長は確か五十六歳ですが、親分肌で年下の者たちには頼りにされてるようですよ」

「そうですか。明石さんのほかに会社の方が片岡副社長の座敷に顔を出してるんですかね？」

「常務さんや役員の方が何人かお見えになります。社長や専務さんは一度もおいでになっていませんが……」

「取引先の接待で、こちらを使ってるんだろうか」

「明石総務部長に連れられて外国のバイヤーの方たちが以前はよく片岡副社長に招《よ》ばれてましたが、最近はもっぱら会社の役員たちが副社長の許《もと》にお集まりになってますね。会議の延長みたいで、芸者衆を招ぶことはめったにありません」

「そうですか。外国人バイヤーについては接待交際費が遣《つか》えるんだろうが、役員の何人かが集まって会食した場合も同じように経費として落とせるのかな？」

「商談相手の接待以外は、いつも片岡副社長が支払っています。と申しましても、現金ではなく、カード払いですがね」

「副社長が個人の金で勘定を払ってるのか。たいしたもんだな。一回の支払いが十万円以下ってことはないんでしょ？」

「人数にもよりますが、お勘定は一回につき数十万円にはなると思います」

「大手商社の副社長ともなれば、年俸は一億円前後でしょう。しかし、所得税や住民税で大きく差っ引かれるから、実際に遣える額は年収の約六割程度なんじゃないだろうか」

「よくわかりませんが、所得が多ければ、税金も多いでしょうね」

「片岡さんは、常務やほかの役員たちと月に何回ぐらい集まってるんですか？」

「月に三、四回です。片岡副社長は毎回、集まってくれた方々に高価な手土産《てみやげ》を持たせてるんですが、その手配は明石総務部長がされています」

「どんな手土産を持たせてるんだろう？」

「化粧箱入りのマスクメロンを持たせることが多いんですが、時には伊勢海老や黒鮑《くろあわび》をお渡しになってますね」

「副社長が自腹を切って、そこまで部下の役員たちに心配りをしてるのは派閥の結束を強めたいからなんだろうな」

「そうなんでしょうか」

　下足番が考える顔つきになった。

「『帝都物産』は次期社長のポストを巡って派閥争いが熾烈《しれつ》なのかもしれないな」

「明石総務部長が会社の上層部は一枚岩だから、十年先、二十年先も『帝都物産』は業界トップでありつづけられるはずだとおっしゃってましたよ。ほかの役員の方からも、似たようなことをうかがった記憶がございます」

「そうですか」

「自分の会社の役員たちは決して一枚岩ではないと外部の者に喋る人間はいないんじゃないのかな」

「それはそうでしょうね。しかし、重役たちが派閥争いに明け暮れてたら、『帝都物産』の年商はライバル商社に抜かれることになったんではありませんか。過去何十年もトップでありつづけられるのは、役員たちのチームワークに乱れがない証左だと思いますよ」

「そう言われると、その通りなのかもしれないな。それはそうと、片岡副社長の座敷に集まった役員たちはそれぞれ自分の家に直帰してるんだろうか」

「打ち揃って銀座のクラブに繰《く》り出すこともありますが、いつもではありません。二カ月に一度ぐらいですかね」

「クラブも、副社長の奢《おご》りなんだろうか」

「そうだと思いますよ」

「片岡副社長は、ずいぶん気前がいいな。宵越しの銭は持たない主義なんだろうか」

「そういえば、片岡さんは江戸っ子だとうかがってます」

「こっちもそうなんだが、そこまで気前よく周《まわ》りの者に派手に奢れないな。刑事の俸給は高いとは言えませんからね。部下に大盤振る舞いなんかできません」

「当方も同じです」

「いろいろ参考になりました。協力に感謝します」

加納は下足番の男を犒《ねぎら》って、体の向きを変えた。老舗料亭を出て、ランドローバーに乗り込む。

それから七、八分経ったころ、立浪警視総監から電話がかかってきた。

「加納君の捜査状況は三原刑事部長から報告を受けてるよ。ご苦労さん！」

「思った通りに捜査が進まなくて、申し訳ありません。もう少し時間をください」

「そう焦《あせ》ることはないよ。堂副総監の話だと、きみは回り道をしたことを気にしてるようだね？」

「ええ、まあ」

「気に病《や》むような遠回りじゃない。きみなら、必ず真犯人《ホンボシ》を割り出せるだろう。もっと自信を持って任務を遂行《すいこう》してくれないか」

「もう気を取り直しましたので、どうかご心配なく……」

「回り道をさせたのは、このわたしなんだよ。きみに余計なことをさせてしまったと悔やんでるんだ。しかし、結果的には遠回りしたことはよかったと思ってる」

「どういう点がよかったとお思いなんですか？」

「一般論として聞いてほしいんだが、失敗や挫折を味わったことのない者は自信過剰になりやすい。唯我独尊《ゆいがどくそん》になって、他者を軽く見るようになる」

「そういう傾向はありますね」

「自信満々になると、他人の意見に耳を傾けなくなるもんだよ。理事官をやってたころ、ノンキャリアの出世頭の一課長の経験則《けいけんそく》に少し疑問を持ってたんで、指示に背《そむ》いて管理官に自分の推測を押しつけてしまったんだ」

「つまり、捜一を仕切ってる課長の指示を無視されたわけですね？」

「そうなんだ。こちらはナンバー2ではあるが、有資格者《キャリア》だという自負があったんで……」

「上司の指示に従わなかった。そういうことですね？」

「そう。その結果、誤認逮捕させることになってしまった。わたしは自分のうぬぼれを恥じ、一課長に土下座して詫びたよ。それまで上司とはなんとなく反りが合わなくて、ぎくしゃくしてたんだが」

「一課長はどんな反応を見せました？」

「しばらく黙っていたが、『一緒に飲み明かそうや』とぼそっと言ったんだよ」

「大人の対応だな」

「わたしも、そう感じたよ。一課長の懐の深さと器《うつわ》の大きさを見習うべきだと心底から思ったね。その夜、わたしたちは本当に空が朝焼けに染まるまで酒を酌《く》み交わしたんだ。二人とも、へべれけだったよ。それからだな、妙なぎこちなさが消えたのは」

「どちらも、キャリアとノンキャリアという自意識と気負いを捨てられたんで、裸の心を曝《さら》け出せるようになったんでしょうね」

「そうなんだと思う。昔のエピソードを披露したのは、きみがどんな事案もスピード解決したら、いつか傲慢《ごうまん》な人間になるんではないかと思ったんで、被害者や捜査本部の連中には申し訳なかったんだが……」

「意図的にこちらを迷走させたわけですか」

　加納は訊いた。

「そういうことになるね。加納君が回り道のことでなんだか悩んでるようだという話を副総監から聞いたんで、三原刑事部長を交《まじ》えて三人で飯を喰ってくれと……」

「てっきり堂副総監にご馳走になったと思い込んでいましたが、三人分の勘定を持ったのは総監だったんですか」

「副総監に食事代を立て替えてくれと頼んだが、まだ金は払ってなかったと思うな。ということは、刑事部長と加納君に食事を振る舞ったのは副総監になるな。副総監はわたしにフレンチ・レストランの領収書をなかなか見せてくれないんだよ。明日、立て替えてもらった分を副総監に渡す」

「こっちが全額負担してもいいですよ。思い上がった人間にならないよう、配慮していただいたわけですから」

「きみに払わせるわけにはいかない。わたしの奢りだよ。加納君をわざと遠回りさせたことは黙ってるつもりだったんだが、なんだか後味が悪くなったので、打ち明けることにしたんだ。気を悪くしないでくれな」

「それどころか、感謝してますよ。おかげさまで、自信満々の厭味な人間にならずに済みそうです」

「そう言ってもらえると、きみを騙《だま》した意義があったな。そういうことだから、後はいつものペースで事件の真相に迫ってくれないか。加納君、頼むな」

警視総監が言って、通話を切り上げた。

加納はポリスモードをポケットに戻し、車を四十メートルほどバックさせた。そのうちハイヤーかタクシーが老舗料亭の前に乗りつけられるかもしれないと考え、ランドローバーを後退させたのである。

「しかし、それは裏社会の奴らに弱みを握られることになる。明石が大手商社の総務部長と割り出されたら、関西の極道や広島のやくざが『帝都物産』を骨までしゃぶり尽くそうとするかもしれない。会社が関東やくざの御三家に加勢を求めたら、東西の全面戦争になりそうだな」

「闇社会に狙われない非合法ビジネスって、何がありそう？」

「ネットを使った商売なら、裏社会の奴らに狙われなくても済むだろうな」

「ああ、そうね。どんな非合法ビジネスがあるかしら？」

「とっさには思いつかないな。ゆっくり考えてみるよ」

「そう。知り合いの風俗ライターが、明石には若い愛人がいる気がすると言ってるの。加納さんは、どう思う？」

「いると考えてもいいだろうな。ある程度の地位と金を得た中高年の男は、たいがい女に走るからさ。バイタリティーのある奴は、例外なく女好きだ」

「加納さんも、そういう部類に入るんじゃないの？　年俸は七百万前後だろうけど、祖父母から相続した邸《やしき》がある。それに準キャリアなわけだから、いわゆる勝ち組と言えるわ」

「そういうことは別にして、おれは女好きなんだよ。多分、母親が早く死んでしまったんで、母性愛に飢えてるんだろう。祖母には大切にされたんだが、それだけじゃ満足できないんだろうな」

「そういう話を聞くと、なんか母性本能をくすぐられそうだわ。それはともかく、明石に不倫相手がいたら、追い込む材料になるんじゃない？　こそこそ浮気してる亭主たちは、妻と離婚するだけの覚悟なんかないはずよ。世間体を気にする奴が多いだろうから、愛人の存在を他人《ひと》に知られたら、びくつくにちがいないわ。明石も同じだと思うわね」

「明石が料亭から出てきたら、尾行してみるよ」

「愛人のことがわかったら、情報を流してね」

恵利香が電話を切った。

加納はスマートフォンを上着のポケットに突っ込み、背凭《せもた》れに上体を預けた。それから間もなく、老舗料亭の門から人影が現われた。

加納は闇を透《す》かして見た。明石だった。片岡は明石と一緒にタクシーに乗ることを避けているのか。明石は大通りまで歩き、空車ランプを灯《とも》したタクシーに手を挙げた。タクシーが停まり、オートドアを開ける。

加納は、明石を乗せたタクシーを追尾しはじめた。タクシーは新宿通りに出て四谷方面に向かった。自宅とは方角が違う。どうやら明石は、愛人宅に向かっているらしい。

タクシーは新宿通りをしばらく走り、左門町《さもんちょう》で停まった。加納は数十メートル後方の暗がりに車を寄せ、手早くライトを消した。

タクシーを降りた明石は周辺に目をやってから、ゆっくりと歩きだした。少し先に、洒《しや》落《れ》た八階建てのマンションがある。そのマンションの一室に愛人を住まわせているのか。

ほどなく明石はマンションに達しかけた。

そのとき、前方から無灯火のシルバーグレイのプリウスが猛進してきた。暗くて運転者の顔かたちはよく見えない。

プリウスは少しハンドルを切り、さらに加速した。立ち竦《すく》んだ明石が慌てて道端に逃げた。だが、間に合わなかった。鈍い衝突音がして、明石は宙《ちゆう》に舞い上がった。

加納はプリウスのナンバープレートを見た。三字読み終えたとき、無灯火の車はランドローバーの脇を走り抜けていった。

加納は車を降りた。

プリウスの尾灯《テールランプ》は点のように小さい。明石は三十数メートル先の路上に倒れていた。

加納は明石に駆け寄った。

明石の首は奇妙な形に捩《よじ》れている。呼びかけてみたが、返事はなかった。身じろぎ一つしない。

加納は屈《かが》み込んで、明石の右手首を取った。

脈動は熄《や》んでいた。野次馬が集まったら、極秘捜査のことが所轄署員か機動捜査隊初動班に見破られるかもしれない。

加納はランドローバーに乗り込み、すぐ近くの脇道に入れた。徐々に加速し、事件現場から離れる。

加納は、ひとまず安堵《あんど》した。

2

間違いなく覆面パトカーだ。

大田区大森《おおもり》にある柿沼宅の先に路上駐車されている黒いアリオンは、四谷署の捜査車輛だろう。

加納はランドローバーをガードレールに寄せた。明石裕一が無灯火のプリウスに撥ねられて死んだ翌日の午後二時過ぎだ。加害車輛は中野区内で今朝《けさ》、発見された。月極《つきぎめ》駐車場に無断で置かれていたのだ。

貸駐車場のオーナーが野方署《のがたしょ》に通報したことで、プリウスの所有者はわかった。車検証が車内にあった。

プリウスの持ち主は、『帝都物産』をリストラで退職した柿沼仁だった。柿沼が明石総務部長に好感を懐《いだ》いていないことはうなずけるが、轢き逃げをしたとは考えられない。犯罪者に仕立てられたのだろう。何日か前に柿沼のマイカーは何者かに盗まれたのではないか。

加納は午前中に三原刑事部長に前夜の事件を報告し、初動捜査に当たっている本庁機動捜査隊初動班から情報を得てほしいと頼んでいた。だが、まだ三原からの連絡はない。

加納は、上着の内ポケットからポリスモードを取り出した。三原に電話をかける気になったのだ。

数字キーを押しかけたとき、着信音が響いた。電話をかけてきたのは刑事部長だった。

「連絡が遅くなってしまったね。四谷署は今朝九時前に柿沼仁に任意同行を求めたんだが、拒否されたらしい」

「柿沼が明石裕一を殺《や》った疑いがあるんですか?」

「疑わしい点があるんだよ。柿沼は犯行に使われたマイカーを一昨日《おととい》の夜、路上駐車中に盗《ギ》られたと供述したんだが、その裏《ウ》付《ラ》けは取れてないというんだ」

「そうなんですか」

「それからね、前夜のアリバイも立証されてないんだよ。柿沼は働き口がなかなか見つからないんで自棄酒《やけざけ》を飲んで、渋谷の裏通りをさまよってたと主張したそうだが……」

「しかし、どの防犯カメラにも柿沼の姿は映ってなかったんですね」

「そうなんだよ」

「プリウスのハンドルや計器類に柿沼以外の指紋や掌紋《しょうもん》は、まったく付着してなかったんですか？」

「その通りなんだ。それだけで、柿沼を犯人《ホシ》と極《き》めつけることはできない。プリウスを盗んだ真犯人は終始、手袋を嵌《は》めてたとも考えられるんで」

「ええ」

「そんなことなんで、所轄署は再度、柿沼に任意同行を求めることにして、捜査員を自宅に……」

「柿沼宅の少し先に覆面《メン》パトが駐めてありますよ。少し前に柿沼の自宅に着いたんです」

「ならば、捜査員たちは柿沼を説得中なんだろう」

「でしょうね。柿沼があくまでも任意同行を拒んだら、四谷署は賭け麻雀か何かで柿沼をしょっ引くつもりなんでしょうか」

「別件逮捕する気はないようだ。加納君、柿沼が明石に対する恨みから犯行《ヤマ》を踏んだ疑いはあると思うか？」

「柿沼はシロでしょうね。本人が加害者なら、決して自分の車は使わないでしょう。子供だって、すぐに怪しまれるようなことはしないと思います」

「そうだろうね。やはり、幼稚な偽装工作と考えるべきか」

「明石は〝一夜妻〟を集めるだけじゃなく、片岡副社長のために別の汚れ役を引き受けてたようです」

「きみの報告によると、そういうことだったな。片岡が自分の派閥強化を図る軍資金を不正な手段で調達してた確証はまだ得てないが、加納君の推測は間違ってないんだろう。裏ビジネスを担《にな》ってた人間が摘発されることを予想して、誰かに明石を始末させたのかね？」

「考えられますよ、それは。不正な手段で得た汚れた金で常務や役員たちを抱き込んでた事実が世間に知れたら、その段階で前途は閉ざされます」

「そうだね。出世どころか、副社長は御用になる」

「ええ」

「双方のどちらかの仕業臭いな。きみが言ったように、柿沼仁は濡衣を着せられそうになってるんだろう」

「四谷署の刑事が辞去したら、柿沼に会ってみます」

「そうしてくれないか」

三原の声が途切れた。

加納は刑事用携帯電話《ポリスモード》の通話終了キーを押した。ほとんど同時に、懐で私物のスマートフォンが震えはじめた。電話の主は野口恵利香かもしれない。

加納はスマートフォンを手に取った。やはり、発信者は美しい強請屋だった。

「きのうの晩、『帝都物産』の明石総務部長が左門町で車に撥ねられて死んだというニュースを知って、びっくりしたわ。当然、知ってるでしょ?」

「その犯行を目撃したんだよ、おれは」

加納は経緯を伝えた。加害車輌が柿沼のプリウスだったことも明かした。

「明石は裏ビジネスで何かポカをしちゃったんじゃない? それだから、裏仕事の仲間に殺《や》られたのよ」

「あるいは、副社長の片岡礼次が殺し屋《プロ》に明石の口を封じさせたのかもしれないぞ」

「そういう推測もできるわね。目をかけてた明石よりも、自分の保身のほうが大事だと考えてるんでしょうから」

「そうだろうな」

「例の風俗ライターから、明石が世話をしてた愛人のことを教えてもらったの。御園《みその》かおり、ちょうど三十歳よ。元キャビンアテンダントで、『左門町レジデンス』の八〇一号室に住んでる」

「明石は、愛人宅の斜め前の路上で無灯火のプリウスに撥ねられて死んじまったわけか。それはそうと、御園かおりは何か仕事をしてるのかな」

加納は訊《たず》ねた。

「明石のお手当だけで、生活してたようよ。家賃を払ってもらって、四、五十万は月々貰ってたんじゃない？」

「そうなんだろうか。サラリーの中から愛人への手当を捻出してたのかね？」

「毎月、四、五十万の小遣いをくれと奥さんに言ったら、すぐに怪しまれるでしょ？」

「そうだろうな。となると、明石は非合法ビジネスの分け前をかなり得てたと考えられるか」

「多分、そうなんだと思うわ。愛人なら、パトロンが何で副収入を得てたか、薄々気づいてたんじゃない？」

「だろうね。御園かおりも、きょう明日には部屋を引き払ったりはしないだろう」

「と思うわよ、パトロンの明石が亡くなったばかりだから。でも、お金で繋がってた関係だったら、すぐに部屋を引き払いそうね。わたし、『左門町レジデンス』に行ってみようかな。もちろん、御園かおりから聞き出したことは加納さんに全部教えるわ。だったら、別に問題ないでしょ？」

「ああ」

「そうさせてもらうわ」

恵利香が電話を切った。

加納はスマートフォンを懐に仕舞い、煙草に火を点けた。一服し終えて間もなく、柿沼宅から二人の男が出てきた。

どちらも眼光が鋭い。四谷署の刑事だろう。片方は四十代の半ばで、もうひとりは二十代後半に見える。やはり、柿沼は任意同行に応じなかったようだ。

男たちは大股でアリオンに歩み寄り、車内に入った。運転席に坐ったのは若い男だった。

アリオンが走りだした。加納は車を低速で進め、柿沼宅の斜め前に駐めた。運転席から出て、柿沼家の門扉《もんぴ》に近づく。

柿沼宅の敷地は五十数坪だろう。二階家は古びているが、割に大きい。その分、庭は狭かった。数本の樹木が植え込まれ、それぞれ枝葉を大きく拡《ひろ》げている。

加納はインターフォンを鳴らした。

ややあって、男の声で応答があった。声から察して、柿沼だろう。

「どなた？」

「警視庁機動捜査隊の者ですが、柿沼仁さんですね？」

加納はもっともらしく言った。

「ついさっき四谷署の刑事さんが帰っていきましたよ。どうせ昨夜《ゆうべ》の事件の聞き込みでしょうが、プリウスは本当に盗まれたんです。わたしは事件に絡んでません」

「所轄署はあなたを少し疑ってるようですが、本庁の機捜は柿沼さんはシロだと考えています」

「それは心強いな。わたしの味方になってくれれば、捜査に協力しますよ。明石のことは嫌いだったが、もう故人なんだ。成仏させてやらないとね」

「少し時間を割《さ》いていただけます？」

「いいですよ。ポーチまで来てください」

スピーカーの声が途絶えた。

加納は門の扉を抜け、短いアプローチを進んだ。ポーチに上がると、玄関ドアが押し開けられた。

柿沼は中肉中背で、目鼻立ちは割に整っている。半袖の黒いシャツをだらしなく着込んでいた。下は、白っぽいイージーパンツだった。

「妻がパートで働きはじめたんで、なんのもてなしもできないんですよ。それでもよかったら、応接間にどうぞ……」

「立ち話で結構なんですが、ポーチでは遣《や》り取《と》りが外まで流れてしまうので、玄関の三和土《たたき》に入れてもらえませんか」

「そのほうがいいな。四谷署の人たちは応接間に通したんですが、冷えたジュースも出せなかったんですよ。ずっと家のことは妻に任せっきりだったんで、ストックのペットボトルの置き場所も知らないんだ」

柿沼がきまり悪そうに笑い、先に玄関マットの上まで退《さ》がった。

加納は三和土に立ち、玄関のドアを後ろ手に閉めた。玄関ホールは暑かった。玄関ドアを全開にしたかったが、それでは会話が外に洩れてしまうだろう。

「何から喋ればいいのかな」

柿沼が腰に両手を当てた。

「明石総務部長は清濁併《あわ》せ呑《の》むタイプだったようで、会社の番犬の総会屋や経済やくざともつき合いがあったようですね？」

「故人の悪口は慎むべきなんでしょうが、明石裕一は自分にプラスになる人間としか交わろうとしなかったですよ。社内でも、いつも勝ち馬に乗ろうとしてたな」

「副社長の片岡礼次さんにだいぶ目をかけられてたんでしょ?」

「そうですね。副社長は出世欲が強く、御《ぎょ》しやすい年下の社員を上手に使って自分の株を上げてたんですよ。全社員を束ねるほどの器《うつわ》ではありません。いまは会長に就《つ》かれてる前社長は片岡を高く評価してなかったので、現社長を前会長に強く推《お》したんでしょう。会長は片岡の大学の先輩なんですが、他大学出身で、片岡の二歳下の前専務を社長のポストに据えるよう根回しをしたんですよ」

「片岡副社長は出世レースに敗れてしまったわけか」

「そういうことになるな。片岡は東大出身で、現社長は私大出なんです。しかも、超名門大学でもないんですよ。東大出であることを鼻にかけてる片岡副社長にしてみれば、二つ年下の私大出身者に先を越されたわけです」

「頼りにしてた大学の先輩に見切られ、二つ下の前専務に負けてしまった。片岡副社長はだいぶ腐ったでしょうね」

「ひところは荒れて、毎晩、深酒をしてたようです。会長、社長、専務のラインが主流になったんで、反主流の片岡副社長は草刈《くさかり》潤《じゅん》常務と前会長に取り入って巻き返しを図ったんですよ」

「具体的におっしゃっていただけますか」

加納は促《うなが》した。

「片岡、草刈、明石の三人は与党総会屋の大坪《おおつぼ》毅《たけし》を抱き込んで、主流派のミスや女性スキャンダルをゴシップ雑誌に流したんです。その大半はデマや中傷でした。そうであっても、会長、社長、専務らの経営能力を問われることになりますでしょ？」

「でしょうね」

「片岡、草刈、明石の三人はそういう卑劣なことをしながら、外国人バイヤーに〝一夜妻〟を与え、大きな商談を次々にまとめたんですよ。商道に悖《もと》る行為です。そこまで堕落したら、人間の屑《くず》ですよ。わたしは『帝都物産』の膿《うみ》を出しきらなければと思いました」

「そうですか」

「くどいようですが、わたしは明石を車で撥ねてません。車は本当に盗まれたのです」

「明石総務部長を亡き者にした人物には思い当たる節があるんでしょ？」

「怪しんでいる人間はいます」

「片岡副社長ですね？」

「疑ってるのは、ひとりではありません。確証を摑んだわけではありませんが、片岡は誰かと組んで何か裏ビジネスをやってるようなんですよ。明石も、その手伝いをしてたみたいです。その闇ビジネスのことで、何かトラブルがあったのかもしれません」

「副社長は裏ビジネスで稼いだ金で、自分の勢力を拡大して主流派をぶっ潰したいと考えてるんだろうか」

「そうなんでしょう。きっとそうにちがいない。さすが刑事さんだな。読みが鋭い」

「外れてるかもしれませんよ。総会屋の大坪はいくつぐらいなんです？」

「確か五十二歳ですよ。レスラーみたいな体型で、強面《こわもて》です。黙ってても、凄みがありますね」

「どこかにオフィスを構えてるんでしょ？」

「事務所は神田駅の近くにあるようですよ」

「そうですか。ご協力に感謝します」

加納は礼を述べ、暇《いとま》を告げた。ランドローバーに乗り込み、四谷に向かう。

『左門町レジデンス』に着いたのは小一時間後だった。道路の補修工事をしている所が何箇所かあって、スムーズに走れなかったからだ。

加納は車を降りた。

すると、物陰から女性が飛び出してきた。なんと恵利香だった。

「先に明石裕一の不倫相手に会うのは、なんか気が引けちゃったの。同僚の女刑事ってことにしてくれない？」

「別にかまわないよ。行こう」

加納は恵利香の背を軽く押した。二人は肩を並べて八階建てのマンションの表玄関に向かった。

意外なことに、オートロック・システムにはなっていなかった。加納たちはエントランスロビーに入り、エレベーターで最上階の八階まで上がった。

八〇一号室のプレートには、御園という姓しか掲《かか》げられていない。フルネームを記《しる》すのは不用心だからだろう。

加納はインターフォンを鳴らし、素姓と来意を告げた。待つほどもなく御園かおりが応対に現われた。頭に青っぽいバンダナを巻いている。

「コンビを組んでる野口です。お引っ越しの準備かしら？」

恵利香が部屋の主に問いかけた。

「世話をしてくれていた明石さんが亡くなられたんで、近々、部屋を引き払うことにしたんです。それで、少しずつ荷物をまとめはじめてるんですよ。何もしてないと、なんだか辛くて」

「そのほうが悲しみが紛れるでしょうね」

「明石さんにはいろいろよくしてもらったので、通夜か告別式には参列したいんですけど、愛人でしたから……」

「遺族を二重に悲しませることになるのは、まずいわよね？」

「はい。ですので、心の中でお別れしました」

「そうなの」

「取り込み中だろうが、二、三、質問に答えてほしいんだ」

加納は話に割り込んだ。

「はい、どうぞ」

「明石氏は何かで副収入を得てたよね。それで、きみの面倒を見ることができたんでしょ？」

「よくはわかりませんけど、明石さんがサイドワークで多額の副収入を得てたことは確かでしょうね。ブランド物のバッグや服をちょくちょくプレゼントしてくれたんです。装飾品や靴もたくさん買っていただきました」

「きみの部屋で、明石さんがサイドビジネスの相棒に電話をすることがあったんじゃないの？」

「副業のパートナーかどうかはわかりませんけど、大坪という方とはちょくちょく電話やメールの遣り取りをしてました」

「そう。その相手と電話で怒鳴り合ってたことは？」

「一度もありませんでした、そういうことは」

「明石氏が何かで誰かに脅迫されてた気配はうかがえたかな」

「売れないモデルと風俗嬢に何か誤解されて、口止め料を出せと強請《ゆす》られたと洩らしたことがありました。でも、まるで身に覚えのないことなんで、取り合わなかったと言ってましたね」

「そうか。関東テレビの長瀬という社会部の記者が明石氏の身辺を調べてたかもしれないんだが、そうした様子はあったのかな？」

「わたし自身は、そういう気配は感じませんでした」

「明石氏が、マスコミ関係者にマークされてるというようなことを喋ったことは？」

「ありません。明石さんは法律に触れるような不正ビジネスをしてたんですか。だったら、わたしは汚れたお金で贅沢をさせてもらってたのね」

かおりが顔を曇らせた。

「そのへんのことは未確認なんだが、命を奪われたわけだから、金銭絡みのトラブルがあったのかもしれないな」

「刑事さん、大坪という人物のことを調べてみてください。もしかしたら、昨夜《ゆうべ》の事件に関与してるかもしれないでしょ？」

「そうしてみますよ。どうもありがとう」

加納は謝意を表し、八〇一号室を離れた。恵利香が御園かおりに一礼し、すぐに加納を追ってくる。加納は歩みを緩《ゆる》めた。

「どこかで冷たいものを飲みながら、情報交換しましょうよ」

「その後は当然、ホテルに行くんだろ？」

「また、彼氏面する。そんなことばかり言ってると、絶交しちゃうわよ」

恵利香が笑顔で言って、エルボーを放つ真似をした。

加納は歩度を速めた。

3

刑事部長からコールバックがあった。

加納はティールームの前で恵利香と別れてから、すぐに三原に電話をかけて総会屋の大坪の交友関係に関する情報を集めてもらうよう頼んだのだ。

すでに自分で大坪の犯歴照会は済ませていた。総会屋は脅迫と恐喝で検挙され、併《あわ》せて三年七カ月ほど服役している。いわゆる前科者だ。

「大坪は暴力団関係者、経済やくざ、ごろつき業界紙記者と親交を重ねてるが、最近は当たり屋グループの親玉とちょくちょく会ってるんだ」

「そのボスの名は？」

「唐木周平《からきしゅうへい》、四十六歳だ。唐木は格闘技の興行で大きな負債を抱え、八年前に自己破産したんだよ。開き直ったのか、それからは当たり屋で荒稼ぎしてる」

「当たり屋グループは何人ぐらいで構成されてるんです？」

「本庁《うち》の組対の調べでは、約四十人だな。唐木は半グレや失業者を集めて、高級外車に巧みに接触させて、たっぷり示談金を出させてるんだ。配下の者が故意に轢かれてるだけじゃなく、廃車寸前の旧型ベンツやロールスロイスで対物事故を起こさせて……」

「相手から多額な示談金をせしめてるわけですか？」

「そうなんだ。手下にはバックに広域暴力団が控えてると凄ませてるようで、カモにされた連中は警察に事故の届けを出せなくなってしまうんだろう。それで、一千万円以上の示談金を払わせられてるようだ」

「明石は片岡副社長に頼まれて大坪を抱き込み、当たり屋で荒稼ぎしてたんでしょうか」

「そうなのかもしれないよ」

「しかし、刑事部長……」

「何だね」

「一千万円以上の示談金をすんなり払うカモはそう多くないでしょう？」

「ま、そうだろうね。仕組まれた交通事故に巻き込まれた人間をとことん痛めつけても、一千万円以上の示談金を払う者は少ないだろう」

「ええ、そう思います。片岡は自分の派閥を拡大するだけではなく、社長派の役員たちも抱き込む気でいるのかもしれませんよ。そうだとしたら、数億の金が必要でしょう。明石は悪知恵を働かせて、ただの当たり屋ビジネスよりも手っ取り早く大金を稼ぐ方法を思いついたんではありませんかね。具体的には、どういう手を使わせたのかわかりませんが……」

「そうか、そうなのかもしれないぞ。総会屋の大坪は明石の提案を唐木に伝えて、カモに大金を吐き出させたとも考えられるな」

「大坪と唐木の二人をマークしてみましょう」

「そうしてくれないか。大坪の事務所は、千代田区内神田《うちかんだ》三丁目二十×番地、飯塚《いいづか》ビルの三階にある。『大坪経済研究所』というプレートが掲《かか》げてあるそうだ」

「スタッフが何人かいるんでしょう？」

「五人いるらしいんだが、その連中のことはよくわからないそうだ」

「そうですか。唐木周平の家《ヤサ》はどこにあるんです？」

加納は訊いた。

「渋谷区千駄ヶ谷《せんだがや》四丁目十×番地だよ。戸建て住宅に妻と娘の三人で暮らしてて、特にオフィスは構えてない」

「わかりました」

「これから、大坪と唐木の写真を送信する」

三原刑事部長が通話を切り上げた。加納は電話を切り、メールを待った。

一分ほど待つと、大坪と唐木の写真がメールで送信されてきた。総会屋の大坪は、典型的な悪人顔だ。

唐木のほうは一見、サラリーマン風である。ただ、目つきがよくない。眉《まゆ》が太く、髭の剃り痕が濃かった。

現在、ランドローバーはJR市ケ谷駅の近くの裏通りに駐めてある。加納はギアをP《パーキング》レンジからD《ドライブ》レンジに移し、アクセルを浅く踏み込んだ。車が走りだす。

目的地に着いたのは二十四、五分後だった。

飯塚ビルは六階建てで、細長かった。いわゆる雑居ビルだ。

加納は路上にランドローバーを駐め、すぐに車を降りた。飯塚ビルに入り、エレベーターで三階に上がる。

『大坪経済研究所』はエレベーターホールの左手にあった。加納は足音を殺して、総会屋の事務所の前まで歩いた。

灰色のスチール製ドアに耳を寄せる。誰かが大声で通話中だった。遣り取りから察して、大坪の声だとわかった。スタッフがいるようだ。

刑事であることを明かして大坪と会っても、空とぼけられるだろう。加納はエレベーターホールに引き返し、函《ケージ》の中に入った。

雑居ビルを出て、ランドローバーの運転席に腰を沈める。張り込みの開始だ。

オーバーに言えば、張り込みは自分との闘いである。捜査対象が動きはじめるのをじっと待つ。

焦《じ》れて不用意に動いたら、そのうちマークした相手に張り込んでいることを覚《さと》られてしまう。刑事になりたてのころは忍耐が足りなかった。痺《しび》れを切らして、つい動いたことが何度かあった。そのつど、先輩刑事にどやしつけられたものだ。

名刑事は例外なく辛抱強い。愚鈍なまでに退屈さに耐え忍ぶ。そうした努力があって、初めて事件を解く手がかりが得られることが多い。

多少の違法捜査は認められている現在の任務は楽だった。被疑者を荒っぽく取り調べても、懲戒処分にはならない。それどころか、過剰防衛すら容認されていた。実にやりやすい。

犯罪者にも人権はある。極力、法は守るべきだろう。

しかし、無法者はたいがい強《したた》かだ。まともな取り調べをしていたら、捜査はいっこうに進まない。狡い犯罪者を手荒い方法で追い込むことはやむを得ないだろう。

加納は、そう考えている。その分、善良な市民には紳士的に接していた。事実、迷惑をかけたことはない。

加納は煙草を喫いながら、時間を遣《や》り過ごした。

飯塚ビルから総会屋が現われたのは午後八時過ぎだった。薄茶のサマースーツに身を包んだ大坪は、神田駅とは反対方向に歩きだした。

加納は少し間《ま》を取ってから、車を走らせはじめた。大坪は広い車道でタクシーを拾った。どこかに飲みに行くのだろうか。

加納は細心の注意を払いながら、タクシーを追尾した。タクシーは二十分ほど走り、六本木七丁目にあるレストランクラブの前で停まった。店は飲食店ビルの地下一階にあった。通りから直接、レストランクラブに入れる造りになっていた。

タクシーを降りた大坪は馴《な》れた足取りで地階にある店に入っていった。加納は近くの暗がりに車を駐めた。

ほとんど同時に、ミニパトカーが接近してきた。車内には、若い女性警官のコンビが乗り込んでいる。

この時間帯、付近は路上駐車ができない。そのことを知らないわけではなかった。しかし、いちいち法律や規則を守っていたら、極秘捜査はこなせない。

ミニパトカーの助手席のドアが開けられ、二十四、五歳の女性警官が歩み寄ってきた。

加納はパワーウインドーを下げた。

「運転手さん、この通りは駐車禁止なんですよ。ご存じなかったんですね？」

相手が話しかけてきた。

「暑いのに、大変だね。ご苦労さん！」

「仕事ですので。運転免許証を見せていただけます？」

「きみと同業なんだ。いま、張り込み中なんだよ」

「でも、この車種の覆面《メン》パトカーはないはずですけど……」

「特別仕様の覆面《マルタイ》パトなんだ。特別任務で対象者に張りついてるんだよ」

加納は言って、警察手帳を開いた。

女性警官がにわかに緊張し、最敬礼した。

「失礼しました。交通課の者なので、本庁の捜査活動のことをよく把握しておりませんでした」

「上層部直属なんだよ、こっちは。同業者にも詳しいことは明かせないんだ。二、三時間で移動することになると思う。上司には内聞にね」

「わかりました。何かお手伝いしましょうか?」

「せっかくだが、支援は必要ない。悪いが、ミニパトカーに戻ってくれないか」

加納は頼んだ。

相手が短い返事をして、ミニパトカーに駆け戻った。同僚が焦って車を発進させる。加納は車のキーを抜き、運転席から出た。こころもち涼しく感じられた。

加納は、レストランクラブに通じるモダンな階段を下りた。店のドアを開けると、若い黒服の男がにこやかに近づいてきた。

「いらっしゃいませ。おひとりでいらっしゃいますね」

「そう。ここは会員制なのかな」

「いいえ」

「なら、案内してもらうか」

加納は上着のボタンを掛けた。

黒服の男が案内に立つ。店内は仄暗《ほのぐら》い。テーブルが二十卓ほどあり、半分近く席は客で埋まっていた。正面に低いステージがある。ドレス姿の歌手がピアノ伴奏で、ジャズのスタンダードナンバーを情感を込めて歌っていた。

大坪は中ほどのテーブルについていた。向かい合っているのは、なんと唐木周平だった。

「ステージに近いテーブルがよろしいでしょうか」

黒服の男が立ち止まって振り向いた。加納は、大坪たち二人のいる席の隣のテーブルに目をやった。

「あそこは予約席なの？」

「いいえ、そうではありません」

「それなら、あのあたりがいいな」

「かしこまりました」

黒服の男が、ふたたび歩きだした。加納は導かれ、大坪たちのテーブルの左横の席に落ち着いた。

大坪にも唐木にも、まだ顔を知られていない。堂々としていたほうがよさそうだ。

加納はシェリー酒を選び、前菜とメインディッシュを決めた。煙草を喫いながら、大坪と唐木の会話に耳をそばだてる。

「製紙会社の創業者の孫娘は、おとなしくしてるんだろうな?」

大坪が唐木に確かめた。

「ええ。スタントマン崩れの若い者《もん》をポルシェでアレしたときから、ずっと放心状態がづいてます。示談にしてもらえるなら、父親に希望額を出させると涙声で言って、まさに平身低頭でしたよ」

「そうか。それからは、シナリオ通りに進めてくれたね」

「ええ。全身に蜂蜜《はちみつ》を塗りたくって、大型犬に……」

「唐木、その先は言うなっ」

「は、はい」

「動画撮影した映像はゲストに観《み》せたんだろ?」

「はい。令嬢は恥ずかしい場所をグレートデンに舐めまくられたんで、わたしの指示に素直に従いました。正体不明の男たちに誘拐されたんで、身代金を……」

「おい、唐木! 声が大きいよ」

「案外、大坪さんは気が小さいんですね。われわれは、サスペンスドラマの撮影状況を語り合ってるんです。周《まわ》りの者に聞かれたとしても、別段、焦ることはないでしょ？」

「それはそうなんだがな。しかし、慌て者が一一〇番したら、面倒じゃないか」

「そうしたら、駆けつけた警官にドラマの台本を見せてやりましょうよ」

「台本か。くっくく」

「明日は、謎の拉致犯グループが自宅に電話をするシーンから撮ります」

「よろしく頼むよ」

「任せてください」

唐木が言って、ワイングラスを傾けた。テーブルには、鹿肉のステーキの皿が載っている。会話が中断した。

ボーイがシェリー酒と前菜を運んできた。

前菜は、オマール海老をふんだんに使ったサラダだった。少量ながら、黒トリュフもあしらわれている。

加納はシェリー酒を口に含み、前菜をつつきはじめた。

「明石さんは、いったい誰に消されたんですかね。大坪さん、見当がついてるんではありませんか？」

「唐木、妙なことを言うなよ。昨夜《ゆうべ》の事件におれはまったく関与してない。明石さんとは長いつき合いだったから、ショックを受けてるんだ。総務部長はアイディアマンだったんで、だいぶ小遣いを稼がせてもらった」

「わたしも、お零《こぼ》れに与《あずか》りました」

「唐木も、いい思いをさせてもらったよな」

「ええ。通夜は明日なんでしょ?」

「らしいな。用賀のセレモニーホールで通夜が営まれ、明後日が告別式だと聞いてる」

「大坪さん、明日の通夜に一緒に参列しましょうよ」

「通夜と告別式には出るつもりだったんだが……」

「誰かに立場を考えろと反対されたんですか?」

「別にそういうわけじゃないんだ。ただ、『帝都物産』の総務部長の葬儀だから、参列者は多いはずだよ」

「そうでしょうね」

「明石さんと癒着してたんじゃないかと疑われると、故人の名誉を傷つけるかもしれないだろう?」

「そうでしょうけど、ちょっと冷たいんではありませんか。明石さんが知恵を授《さず》けてくれたので、わたしたち二人は副収入を得られたんですから。もちろん、アイディアを提供してくれた明石さんもいい思いをしたわけですけどね」

「個人的には不義理したくはないんだが……」

「読めましたよ。明石さんをかわいがってた御大《おんたい》からストップがかかったんでしょ？」

「副社長に止められたわけじゃないよ。こちらの立場を考えて、遠慮すべきだと判断したんだ」

「そうですか。でも、わたしはセレモニーホールに行きます。明石さんのおかげで、少しリッチになれたんです。恩義を感じてましたんでね」

「好きなようにすればいいさ。反対はしないよ」

また、二人の間に沈黙が落ちた。

加納のテーブルに鹿肉のステーキが届けられた。ナイフとフォークを手に取る。香辛料で、肉の臭《くさ》みは消されていた。肉質も軟らかかった。

「大坪さん、気になってたことを訊いてもいいですか」

「改まって何だね。何が気になってたのかな？」

「御大と明石さんの間に、何か確執めいたものがあったんじゃないですか」

唐木が問うた。

「なぜ、そう思う？」

「御大と明石さんは、深い絆で結びついてる感じでしたでしょ？」

「ああ、そうだったな」

「御大が次期社長になったら、明石さんは専務ぐらいにしてもらえるんじゃないかと思ってたんですよ。それほど副社長は総務部長に目をかけてました。なのに、急に明石さんの提案でやりはじめたサイドワークを御大は中止しようと言いだしたわけでしょ？」

「副社長には何か考えがおありなんだろう」

「臨時収入で御大は社長派の役員たちを次々に一本釣りしたんで、もう危ない橋は渡らなくてもいいと考えたんじゃないですか。しかし、明石さんはまだサイドワークをつづけたかった。元キャビンアテンダントの面倒を見てたんで、奥さんにわからない別収入をずっと得たかったんじゃないのかな」

「明石さんの取り分は、われわれよりも倍近く多かったんだ。御大よりも、だいぶ少なかったがな」

「大坪さん、明石部長は分け前に不満だったのかもしれませんよ。それで、御大にそのことを直訴した。御大は、明石さんが欲に引きずられてサイドワークをこの先も続行したら、自分の立場がまずくなる。そう考えて……」

「唐木、めったなことを言うなって。副社長はそう遠くない日に『帝都物産』のトップになると思われる方だぞ。明石さんのサポートがあったから、社長派の役員たちを寝返らせることができたんだ」

「ええ、そうですね」

「副社長も、明石さんに恩義があると思ってたはずだよ。そんな部下と意見がぶつかったとしても、冷ややかに遠ざけたりはしないさ」

「大坪さんは御大を庇《かば》いたいようですけど、明石さんが内職をずっとつづけてたら、いつかそれが発覚するかもしれません。そうなったら、御大も身の破滅でしょ？」

「だから、なんだと言うんだっ」

「御大が保身のため、誰かに命じて盗んだプリウスで明石さんを撥ねて死なせたとも疑えるでしょう？」

「副社長は、そこまで冷酷じゃないよ」

「まさか大坪さんが御大に頼まれて、流れ者か誰かに明石さんを片づけさせたんじゃありませんよね？」

「殴るぞ、てめえ！」

大坪が声を尖《とが》らせた。

「そんな怖い顔をしないでくださいよ。冗談のつもりだったんですから。ただ、明石さんは……」

「なんだ?」

「外国人バイヤーの〝一夜妻〟をやってた朝比奈結衣って女に三千万円の口止め料をせしめられたので、誰かに自殺に見せかけて始末させたのかもしれないと大坪さんは言ってましたよね。元ＡＤのデリヘル嬢も、そのうち明石さんが片づけそうだとも……」

「どっちも冗談だよ。真《ま》に受ける馬鹿がどこにいる」

「えっ、冗談だったんですか⁉」

「もちろん、そうだよ。ところで、白人ホステスばかりを揃えたクラブが先月、オープンしたんだ。ここから、数百メートルしか離れてない。そこで飲み直さないか」

「奢《おご》ってもらえるんだったら、お供しますよ」

唐木が言った。大坪が黙って胸を叩く。

加納はナプキンで口許を拭った。

4

黒いレクサスは疾走している。

中央自動車道の下《くだ》り線だ。大月《おおつき》JCT《ジャンクション》を通過したのは数分前だった。

加納もランドローバーの速度を上げた。

レクサスを運転しているのは唐木だ。前夜、唐木と大坪は六本木の白人クラブの前で、それぞれタクシーに乗り込んだ。

どちらを尾《つ》けるべきか。加納は一瞬だけ迷って、唐木を乗せたタクシーを追った。唐木はまっすぐ帰宅した。

加納は、タクシーを降りた唐木を締め上げる気になった。運転席から出ようとしたとき、唐木宅の玄関ドアが開けられた。唐木の妻が夫を迎えに出たのだ。

当たり屋グループの親玉は、どうやら亭主関白らしい。いまどき夫の迎えに出る妻は珍しいのではないだろうか。

加納は唐木を追い込むことを諦《あきら》め、自分の塒《ねぐら》に戻った。そして、今朝《けさ》八時過ぎから唐木宅の近くで張り込んでいたわけだ。

間もなく正午になる。

加納はハンドルを操《あやつ》りながら、大坪と唐木がレストランクラブで交わした会話を頭の中で反芻《はんすう》しはじめた。

殺された明石は、総会屋に非合法ビジネスのアイディアを提供していたようだ。それは、唐木が仕切っている当たり屋ビジネスのカモに資産家の令嬢を選べという悪知恵だった。

仕組まれた交通事故の加害者になったと思った令嬢たちはひたすら詫《わ》び、唐木の手下たちの示談話に乗ってしまったのだろう。

当たり屋グループのメンバーは怯《おび》える令嬢たちをどこかに連れ込んで全裸にして、体じゅうに蜂蜜《はちみつ》を塗りたくった。

抵抗する相手には刃物をちらつかせ、竦《すく》み上がらせたと思われる。それとも、拳《こぶし》で殴りつけたのか。

唐木の手下は、恐怖に震える令嬢たちの裸身を大型犬のグレートデンに舐めさせた。そのシーンをデジタルカメラで動画撮影し、令嬢たちに観せたにちがいない。

罠に嵌められた女性たちは恥ずかしい動画を不特定多数の人間の目に晒されることを恐れ、〝狂言誘拐〟に協力せざるを得なくなったのだろう。実に卑劣な犯罪ではないか。とうてい赦《ゆる》しがたい。

餌食《えじき》になった令嬢は相当数にのぼるのだろう。

現にいまも、製紙会社の創業者の孫娘がどこかに監禁されているはずだ。親族から多額の身代金が支払われるまでは解放されないだろう。

ダーティー・ビジネスを思いついた明石は、せしめた身代金の半分前後を片岡副社長に差し出したのではないか。残りは、大坪、唐木、自分の三人で山分けしたのだろう。

明石は片岡に気に入られたくて、汚れ役を演じてきた。外国人バイヤーに〝一夜妻〟を供した件では朝比奈結衣に三千万円あまりの口止め料を払う羽目になった。小野寺春奈にも強請《ゆす》られていたと思われる。

さらに〝狂言誘拐〟というアイディアも提供し、片岡に勢力拡大のための軍資金を与えた。明石は当然、見返りを期待していたにちがいない。

ところが、恩を売った片岡副社長はそれほど感謝してくれなかった。そのことに腹を立て、明石は片岡に回した巨額の返却を求めたのか。あるいは、副社長の汚れた野望を暴露すると脅迫したのだろうか。

どちらにしても、片岡は平然としていられなくなった。総会屋の大坪に泣きついて、明石を斬り捨てる気になったことを打ち明けたのではないか。

これまでの捜査経過から推測すると、大坪は明石に頼まれて知り合いか流れ者に朝比奈結衣を飛び降り自殺に見せかけてマンションの非常階段の最上部から地上に投げ落とさせた疑いが濃い。

その通りだったら、大坪にとって明石は都合の悪い人物だ。片岡に明石の始末を頼まれたら、同調するのではないだろうか。『帝都物産』をリストラ退職させられた柿沼が明石をマイカーで撥ねて死なせたように見せかけろと指示したのは、片岡副社長だったと考えてもいいのではないか。

加納は、そう筋を読んだ。

しかし、まだ立件材料は摑んでいない。肝心の長瀬健射殺事件に『帝都物産』や大坪が関与していたのかも不明だった。春奈を追い回し、彼女の命を狙っていたのかもはっきりとしない。

唐木のレクサスはひた走りに走り、小淵沢《こぶちさわ》ＩＣ《インターチエンジ》で下《お》りた。加納は後につづいた。

レクサスは八ヶ岳《やつがたけ》高原ラインを走り、清里《きよさと》から佐久《さく》甲州街道に乗り入れた。

製紙会社の創業者の孫娘は、片岡副社長か大坪の別荘に監禁されているのかもしれない。それとも、貸別荘にでも閉じ込められているのだろうか。

唐木の車は南牧村《みなみまきむら》を通過し、小海《こうみ》線の松原湖《まつばらこ》駅の少し手前で左折した。小海町高原美術館のある方面に向かい、ゴルフ場を回り込んで林道に入った。

加納は減速し、車間距離を大きく取った。あたりには民家も山荘も見当たらない。車はまったく目に留《と》まらなかった。

やがて、レクサスは丸太の柵《さく》で囲われた大きな別荘の車寄せに横づけされた。加納はランドローバーを林道の端に寄せた。

エンジンを切り、グローブボックスからグロック32を摑み出す。

加納は銃把《グリップ》からマガジンを引き抜いた。

複列式弾倉には十五発の実包が詰まっている。マガジンを銃把の中に戻し、腰の内側のホルスターに収める。

加納は静かに車を降り、林の中に足を踏み入れた。葉を繁らせている樹木の長い枝を三本折って、ランドローバーの屋根《ルーフ》とフロントグリルに被せた。完璧な目隠しにはならないが、少しは目立たなくなるだろう。

加納は爪先《つまさき》に重心をかけ、林道を歩きはじめた。ほとんど足音は響かない。ほどなく別荘に達した。

表札は見当たらない。広い車寄せには、レクサスのほか白いポルシェと灰色のエスティマが駐められている。

ポルシェは令嬢の車だろうか。エスティマを乗り回しているのは、当たり屋グループのメンバーかもしれない。

加納は柵に沿って前に進んだ。二階建ての別荘は奥まった場所にあった。敷地は広い。優に五、六百坪はありそうだ。

加納は自然林の下草を踏みながら、慎重に歩《ほ》を運んだ。

家屋のほぼ真横で立ち止まり、小型双眼鏡を目に当てる。加納はレンズの倍率を上げた。

サンデッキに面して大広間《サロン》がある。リビングソファに坐っているのは、唐木と二十二、三歳の上品な顔立ちの女性だけだ。彼女は、製紙会社の創業者の孫娘かもしれない。

縛られてはいなかった。表情は暗かったが、戦《おのの》いてはいない。サロンの床には、グレートデンが寝そべっている。

六本木のレストランクラブで盗み聴きした会話から察して、若い女性はポルシェに乗っていた資産家令嬢に間違いなさそうだ。

唐木の手下たちは、おのおの別室で寛《くつろ》いでいるらしい。身代金を得たら、唐木は令嬢を帰宅させるつもりなのだろうか。

別荘に強行突入するチャンスをうかがっていると、若い女性が唐木に何か訴えた。

唐木が大きくうなずき、玄関ホールに向かって大声で何か言った。すぐにサロンのドアが開けられ、二十八、九歳の男が唐木に指示を仰《あお》いだ。頭をつるつるに剃《そ》り上げ、口髭《くちひげ》を生やしている。細身で、背が高い。

女性が唐木に軽く頭を下げ、ソファから立ち上がった。剃髪頭《スキンヘッド》の男と一緒に玄関ホールに移った。トイレに行きたくなったのだろう。

加納は、そう思った。

しかし、そうではなかった。スキンヘッドの男と女性はポーチに姿を現わした。散歩をしたいと唐木に言ったようだ。

二人が別荘の前の林道に出た。

加納は自然林を抜け出て、二人を尾けはじめた。数百メートル歩いてから、スキンヘッドの男が急に連れだって歩いていた女性の片腕を乱暴に摑んだ。

男の手には刃物が握られている。ダガーナイフのようだ。

女性が少し抗《あらが》った。すると、男は女性の首筋に刃物を密着させた。女性の体が強張《こわば》る。

男が怯《おび》える女性を雑木林の中に連れ込んだ。レイプする気なのか。加納は小走りに駆け、二人が消えた雑木林の中に分け入った。

二人は、林道から三十メートルほど奥に入った場所にいた。男は女性を樫《かし》の巨木に寄りかからせ、ダガーナイフの刃先を頬に這《は》わせていた。

「蜂蜜だらけの体をグレートデンに舐められて、つい感じちゃったんだろうな。特に乳首とデルタゾーンは、気持ちよかったか。え？」

「そんな話、やめてください」

「気取るんじゃねえ。祖父《じい》さんが東亜《とうあ》製紙の創業者で親父《おやじ》が二代目社長なら、深窓の令嬢だよな。けど、女は女だ。大型犬に性感帯をペロペロされりゃ、喘《あえ》いでも仕方ねえさ」

「わたし、喘ぎませんでした」

「おれたちは、繰り返し動画を観たんだよ。おまえはクリちゃんを犬に舐められたとき、顎《ぞ》をのけ反らせた。感じてた証拠だろうが！」

「………」

「当たりだろうがよ。それで、黙り込んじまったわけか。ま、いいや。見張り役の堀《ほり》とおれは刺激的な動画を観るだけで、おまえに手を出せなかった。ボスは、おまえが狂言誘拐に協力してくれたんだから、絶対に手を出すなって言った。けど、無理だよな。おれも堀も、まだ若いんだ」

「あなたたちのリーダーは、わたしの父と祖父が相談して五億円の身代金を用意すると言ったので、おかしなことはしないと約束してくれたんです。デジカメのＳＤカードも渡してくれると約束してくれました」

「確かに、ボスはそう言ってたよな。けどさ、おれたち二人は生身《なまみ》の若い男なんだよ。おまえを姦《や》りたくなるのも無理ねえだろ？」

「今夜、父は東京湾マリーナに係留《けいりゅう》してあるフィッシング・クルーザーの船室《キャビン》に約束した現金を積み込むはずです。祖父も父も、お金よりもわたしの命のほうが大切だと思ってるにちがいありません」

「金持ちのガキはいいな。おれなんか半年ぐらいプーをやっただけで、親父とおふくろは寮のある工場かパチンコ屋ですぐ働かせてもらえって、毎日言ってやがった。親に愛情をかけてもらってなきゃ、道を外しちまうよな。そうだろ？」

「わたし、わかりません」

「こんな話、興味ねえか。そうだろうな。ボスに逆《さか》らう形になるけど、おれは社長令嬢と一度ナニしてえんだ。ヤリマン女は何十人もコマしてきたけど、もう飽きた」

「散歩は切り上げても結構ですので、別荘に戻らせてください。お願いです」

「そうはいかねえな。面《つら》を切られたくなかったら、おれの足許にひざまずいてマラをしゃぶるんだな」

「もう堪忍《かんにん》してください。わたし、そんなことできません」

「殺されても、できねえってか？」

「そ、それは……」

「まだ死にたくねえだろうが。早くしゃがむんだ。泣きべそかいたって、無駄だぜ！　おれがビンビンになったら、木に抱きついて尻《けつ》を突き出せ。後ろから突っ込んで、早目に終わらせてやらあ」

「いやーっ」

社長令嬢が体を反転させ、両腕で大木の幹《みき》にしがみついた。スキンヘッドの男がダガーナイフをハーフパンツのポケットに入れ、令嬢を引き剥《は》がしにかかった。

チャンス到来だ。

加納は男の背後に回り込んで、利き腕を顎の下に回した。喉を強く圧迫すると、男の体から力が抜けた。チョーク・スリーパーをかけられ、意識を失ったのだ。

男が頽《くずお》れた。

社長令嬢が振り向く。

「あなたは？」

「警視庁の人間なんだ。もう心配ないよ」

加納は警察手帳を呈示し、事情聴取をした。

別荘に監禁されていたのは、東亜製紙の社長の長女、野上未来《のがみみく》だった。二十三歳で、有名女子大の大学院で英米比較文学を専攻しているという。

「当たり屋グループに嵌められたのは、いつなんだい？」

「三日前の夜七時ごろ、自宅近くの田園調布《でんえんちようふ》の住宅街で仕組まれた事故に……」

「わざと車をぶつけられたのかな？」

「いいえ、そうではありません。急にこの男が脇道から飛び出してきたんで、撥ねてしまったんです」

「気を失ってる男の名は？」

「工藤《くどう》と呼ばれてました」

未来が答えた。そのとき、工藤が息を吹き返しそうになった。

加納は工藤の上体を引き起こし、またもやチョーク・スリーパーをかけた。工藤が唸って、横に転がる。もう意識はないようだ。

加納は立ち上がった。ひと安心したのか、未来の顔には血の気が戻っていた。

「きみを罠に嵌めたのは、堀と工藤の二人だけだったのか？」

「そうです。わたしは倒れている男の運転するエスティマに乗せられて、こっちに連れてこられたんです。堀と呼ばれてる男がわたしの車を運転して、山梨県に……」

「別荘の所有者はわかる？」

「わかりません」

「そう。別荘に着いてから、しばらく体の自由を奪われてたのかい？」

「はい、三時間ぐらい。そのころ、リーダーの男がやってきたんです。手下の二人はリーダーの名を決して口にしませんでしたけど、何者なんですか？」

「唐木周平という名で、当たり屋グループの親玉だよ。きみを罠に嵌める前、資産家令嬢を同じ手でどこかに監禁し、卑怯な手を使って〝狂言誘拐〟に協力させてたようなんだ。まだ確認してないが、おそらく十億円前後の身代金をせしめてるんだろう。唐木を操ったのは総会屋なんだ」

「その総会屋が首謀者なんですね？」

「いや、総会屋はアンダーボスだろうな。真の黒幕は大手商社の副社長だと思う」

「信じられない話です。商社の重役がなぜ悪事に手を染めたんでしょう？」

「次期社長になりたいようだな。身代金で、ライバル派の役員たちを抱き込んだと思われるんだ」

「そうまでして出世したいのかしら？　父を見てると、社長業は苦労が多いみたいですけどね」

「そうだろうな。唐木の指示通りに親族に嘘をついてからは、縛られたりはしなかったんだろうか」

「はい。食べる物もちゃんと与えられ、ゲストルームで寝《やす》ませてもらいました。でも、見張りの二人がいやらしい目つきでわたしを見るので、いつも落ち着きませんでした」

「そうだろうな。大変な目に遭《あ》ったね。東京の自宅まで送り届けてやるよ。五億円の身代金は、いつごろ東京湾マリーナのクルーザーに運び込まれることになってるだろう？」

「きょうの午後七時に父は現金を自分の手で積み込むはずです」

「きみを保護したことをお父さんに伝えて、偽の札束を用意してもらおう。お父さんのお名前は？」

「義則《よしのり》です」

「お父さんの携帯の番号は？」

「〇九〇－五四〇八－三……」

未来がゆっくりと番号を明かす。

加納は刑事用携帯電話《ポリスモード》を使って、すぐに連絡を取った。スリーコールで、電話は繋がった。

加納は身分を告げ、当たり屋グループに拉致された未来を保護したことを話した。

「本当ですよ。娘さんはすぐそばにいます」

「未来の声を聞かせてください」

製紙会社の二代目社長が哀願口調で言った。加納はポリスモードを耳から外し、送話口《そうわぐち》を手で塞《ふさ》いだ。

「お父さんと話し終えたら、また電話を替わってくれないか」

「わかりました」

未来が、差し出したポリスモードを受け取る。彼女は父親と話して間もなく、涙で言葉を詰まらせた。

数分後、父と娘の通話は終わった。

ふたたび加納はポリスモードを握った。

「これから実行犯グループの三人の身柄を押さえる予定です。身代金を要求した人物から連絡がなかったとしても、犯人グループの誰かが必ず野上家に身代金の受渡しの件で電話をするでしょう。お父さんは指示された時間までには、偽の札束をクルーザーの船室に置いといてください」

「はい、そうします」

「嘘でしょ⁉」

「おっと、船名をうかがわないとな」

「『キャサリン号』です。マリーナの桟橋の左端に係留してあります。どうか娘のことをよろしくお願いします。それでは……」

野上が電話を切った。

加納はポリスモードを懐に突っ込み、工藤の半身を引き起こした。膝頭で背骨を蹴ると、工藤が我に返った。

加納は素早く工藤に後ろ手錠を打った。

「な、何なんだよ!?」

「おまえは刃渡り六センチ以上のダガーナイフを持ち歩いてる。銃刀法違反の現行犯逮捕だ」

「あんた、刑事だったのか!?」

「そうだ。立て！」

「立てねえよ。いきなり二回も裸絞めを掛けられたんでな。おんぶしてくれや」

工藤が挑発的な笑みを浮かべた。

加納は工藤の脇腹に蹴りを入れた。

工藤が呻きながら、横に倒れた。唸りながら、体を丸める。加納は無言のまま、次に工藤のこめかみを蹴りつけた。骨が鳴った。

　工藤は苦しげにひとしきり呻いてから、小さく口を開いた。

「言われた通りにするから、立たせてくれねえか。自分じゃ立てねえんだ」

「いいだろう」

加納は工藤を荒っぽく引き起こした。膝で尻を蹴り上げる。工藤が歩きはじめた。

「きみは常にこっちの後ろにいてくれ」

加納は未来に言い、工藤を林道に押し出した。未来が加納の後から従《つ》いてくる。

「別荘は誰の持ち物なんだ？」

「そんなことまで知ってんの⁉　厄日《やくび》だな」

「答えをはぐらかす気なら、もっと蹴りを入れるぞ」

「唐木さんの知り合いの大坪って総会屋さんの従弟《いとこ》のセカンドハウスだよ。その男は飲食店を何軒も経営して、小金持ちなんだってさ」

「そいつの名前は？」

「畑中《はたなか》なんとかいったな。下の名までは憶《おぼ》えてねえんだ」

「ま、いいさ。五億円の身代金を受け取りに行くことになってるのは、大坪なのか？」

「多分、そうだと思うよ。でも、その金の半分は……」

「『帝都物産』の片岡副社長に渡ることになってるんだなっ」

「何もかもお見通しかよ。お手上げだな」

「狂言誘拐を思いついた明石裕一は、大坪か片岡が誰かに始末させたんだろう？」

「そのあたりのことは、唐木さんに訊いてくれよ」

工藤が口を噤《つぐ》んだ。

加納たち三人は黙々と歩いた。ほどなく別荘に着いた。

工藤を楯《たて》にして、別荘に入る。大広間《サロン》のドアを開けると、唐木が色の黒い二十代後半の男とブラックジャックに興じていた。グレートデンはフロアに寝そべったままだ。

「唐木さん、もう終わりだよ。斜め後ろにいる旦那は刑事なんだってさ」

「工藤、本当なのか？」

唐木が上体を捻《ひね》った。色黒の男が中腰になる。

「堀、もう逃げられねえよ」

工藤が仲間に言った。色の黒い男がソファにへたり込み、手にしていたトランプカードを投げ捨てた。

「昨夜《ゆうべ》、六本木のレストランクラブで大坪と不用意な遣《や》り取《と》りをしたのは命取りだったな。おれは、横のテーブルにいたんだよ。おまえらの悪運も、これでジ・エンドだ」

加納はホルスターからグロック32を引き抜き、スライドを引いた。初弾が薬室《チャンバー》に送り込まれる。

「妙な気を起こしたら、引き金を絞るぞ」

加納は拳銃の銃口を唐木の後頭部に突きつけた。

「刑事は、やたら発砲できないはずだ」

「おれは、違法捜査も認められてる特命刑事なんだよ」

「そんな刑事《デカ》が実在するわけない」

唐木が鼻先で笑った。

加納はわずかに的《まと》を外して、堀のかたわらのソファの背凭れに銃弾を撃ち込んだ。グレートデンがむっくり身を起こし、玄関ホールに逃《のが》れた。

「最後の狂言誘拐ビジネスの身代金は今夜、大坪が東京湾マリーナで受け取って、二億五千万を『帝都物産』の片岡礼次副社長に届けることになってるんだなっ」

「そうだよ。もう拳銃を下げてくれ」

「大坪か片岡が犯罪のプロに明石を始末させたようだが、あんたは何か証拠を押さえてるんじゃないのか？　レストランクラブでは、そんな口ぶりだったぞ」

「片岡副社長に頼まれて、大坪さんが元やくざか誰かに盗難車で明石さんを撥ねて死なせたんじゃないか。実は、思い当たる男がいるんだ。大坪さんには覚られないようにしてたがな。そいつは中杉卓《なかすぎすぐる》って名で、おれに恐喝材料を買ってくれって接近してきたんだ」

「で、どうした？」

「二百万で買ってやったよ。大坪さんは殺しの報酬を三百万から二百万に値切ったらしいんだ。だから、中杉は依頼人を裏切る気になったらしい。奴はどこかにもう逃げてるはずだよ」

「あんたは中杉という男から買った情報で、いずれ大坪と片岡を強請る気だったようだな」

「そうするつもりだったが、無駄な投資だったみたいだ」

「片岡副社長は、目をかけてた明石をなぜ大坪に始末させる気になったんだ？」

「明石さんは副社長が次期社長になったら、自分を専務に昇格させろと言ったようだな。そうしなかったら、副社長が自分に汚れ役を押しつけたことを暴くと言ったらしい」

「そういうことだったのか。外国人バイヤーに〝一夜妻〟を与えてた件で『帝都物産』から三千万円あまりの口止め料をせしめた朝比奈結衣を第三者に片づけさせたのは、明石なんじゃないのか？　それ以前に、関東テレビの社会部記者を誰かに射殺させた疑いもある。それから、〝一夜妻〟を務めたことのある元ＡＤの小野寺春奈を犯罪のプロに狙わせたかもしれないんだよ」

「そういうことまではわからない。どうせ大坪さんと副社長の二人とも逮捕《パク》るんだろうから、どっちかに訊いてくれよ」

唐木が捨て鉢に言った。

加納は唐木、工藤、堀の三人を床に這わせると、グロック32をホルスターに戻した。それから三原刑事部長のポリスモードに連絡し、経過をつぶさに伝えた。

「副総監直属の特務班の五人をただちに大坪の従弟のセカンドハウスに向かわせる。残りのメンバーは、東京湾マリーナに行かせるよ。身代金を取りに現われた大坪を捕まえられたら、今夜中に『帝都物産』の副社長も緊急逮捕できるだろう」

「でしょうね。そうなれば、長瀬健殺しの犯人もわかると思います」

「そうだな。加納君、特務班のメンバーが到着するまで頼むぞ」

三原が電話を切った。加納は野上未来を先にリビングソファに坐らせ、自分も近くに腰かけた。

五日後の夜である。

加納は、小野寺春奈の実家の近くで張り込み中だった。ランドローバーの中だ。九時を回っている。

野上未来を保護した日、特務班は当たり屋グループの三人のほか、大坪と片岡も緊急逮捕した。取り調べの結果、加納の推測はおおむね正しかったことが裏付けられた。

だが、大坪と片岡は長瀬の事件には関与していないと犯行を強く否認した。明石が〝一夜妻〟の件で口止め料を要求した小野寺春奈の行方をアウトローたちに捜させていたことは知っていたが、どちらも春奈を片づけろとは命じていないという。

特務班は、大坪と片岡をポリグラフにかけた。その結果、供述に偽りがないことが明らかになった。

片岡は、明石と大坪がダーティー・ビジネスで荒稼ぎした九億円のうちの半額を吸い上げていたことを認めた。その大半は勢力拡大の軍資金に充《あ》てたと供述したが、嘘をついている疑いはないとポリグラフは判定したそうだ。

ならば、関東テレビの社会部記者を撃ち殺したのは誰なのか。謎は謎のままだった。

加納は、捜査の流れを丹念になぞってみた。

すると、小野寺春奈がミスリードを企《たくら》んだ気配が透けてきた。春奈は女の自分ひとりで『帝都物産』から多額の口止め料を脅し取るのは心許ないと考え、長瀬記者を唆《そそのか》したのではないのか。

熱血記者は憤然とし、春奈を強く窘《たしな》めたと推察できる。そうだったとしたら、春奈は明石たちと一緒に自分も捕まることになると強迫観念に取り憑《つ》かれたのだろう。

そんな経緯があって、敬《うやま》っていた長瀬健をプラスチック拳銃で射殺してしまったのかもしれない。

確証はないが、筋の読み方は間違っていない気がする。刑事の直感だった。

加納は、春奈に罠を仕掛けることにした。警視総監の許可を得て、三原刑事部長に偽の尋《たず》ね人広告を三大全国紙に昨日ときょう二日連続で打ってもらった。

前日は空振りに終わった。

今夜はどうなるか。潜伏先で母親が危篤《きとく》だという作り話に気づけば、じっとしていられなくなるのではないだろうか。

加納は徹夜で張り込む覚悟だった。

粘りに粘る。タクシーが小野寺宅の数軒手前で停まったのは、午前零時数分前だった。

加納は目を凝らした。

タクシーのドアが開く。降り立ったのは春奈だった。読みは正しかったわけだ。

加納は急いで車から出て、春奈につかつかと歩み寄った。

春奈が息を呑《の》む。一瞬ためらって、大きなバッグからプラスチック拳銃を取り出した。

型はコルト・ディフェンダーだった。

「3Dプリンターで製造された物だな。長瀬健を撃ち殺したのは、きみじゃないのかっ」

「ち、違います」

「敬愛してた熱血記者をなぜ……」

「わたし、『帝都物産』から億単位の口止め料をせしめて、人生をリセットしたかったんです。整形手術で顔の造りを変え、復讐《リベンジ》ポルノの被害者意識とおさらばしたかったんですよ」

「で、長瀬記者に一緒に大手商社を強請ろうと持ちかけた。しかし、共犯者にはなってもらえなかった。それで、今度は元彼氏の奥平を〝恐喝代理人〟にしようとした。だが、奥平は尻込みして、知り合いの男にきみを痛めつけさせようとした。おれは、追われていたきみを庇って逃がしてやった。そういうことだったんだな？」

「そうです。長瀬さんは正義感が強いんで、決して妥協しなかったんですよ。よく知ってる人間の悪事にも絶対に目をつぶらない硬骨漢なの。それがわかったので、仕方なく長瀬さんを始末したんです。わたし、犯罪者の烙印《らくいん》を捺《お》されたくなかったんですよ」

「やっぱり、そうだったか」

「だから、長瀬さんの義弟の菊川から二挺のプラスチック拳銃を買って……」

「おれを射殺したら、きみは死刑になるかもしれない。それでもいいのかっ。罪を償《つぐな》って、生き直せ！　まだ若いんだから、やり直せるよ」

加納は声を張った。

春奈がプラスチック拳銃を投げ捨て、その場に泣き崩れた。嗚咽《おえつ》は高くなる一方だった。震える肩が哀《あわ》れだ。

加納は長く息を吐いた。

春奈の涙が涸《か》れるまで手錠を抜く気はなかった。

著者注・この作品はフィクションであり、登場する人物および団体名は、実在するものといっさい関係ありません。

注・本作品は、平成二十六年八月、光文社より刊行された『暴露　遊撃警視2』を、著者が大幅に加筆・修正したものです。

一〇〇字書評

切り取り線

暴露

購買動機（新聞、雑誌名を記入するか、あるいは○をつけてください）	
□（　　　　　　　　　　）の広告を見て	
□（　　　　　　　　　　）の書評を見て	
□ 知人のすすめで	□ タイトルに惹かれて
□ カバーが良かったから	□ 内容が面白そうだから
□ 好きな作家だから	□ 好きな分野の本だから

・最近、最も感銘を受けた作品名をお書き下さい

・あなたのお好きな作家名をお書き下さい

・その他、ご要望がありましたらお書き下さい

住所	〒				
氏名		職業		年齢	
Eメール	※携帯には配信できません	新刊情報等のメール配信を 希望する・しない			

この本の感想を、編集部までお寄せいただけたらありがたく存じます。今後の企画の参考にさせていただきます。Eメールでも結構です。

いただいた「一〇〇字書評」は、新聞・雑誌等に紹介させていただくことがあります。その場合はお礼として特製図書カードを差し上げます。

前ページの原稿用紙に書評をお書きの上、切り取り、左記までお送り下さい。宛先の住所は不要です。

なお、ご記入いただいたお名前、ご住所等は、書評紹介の事前了解、謝礼のお届けのためだけに利用し、そのほかの目的のために利用することはありません。

〒一〇一－八七〇一
祥伝社文庫編集長　坂口芳和
電話　〇三（三二六五）二〇八〇

祥伝社ホームページの「ブックレビュー」からも、書き込めます。

http://www.shodensha.co.jp/bookreview/

祥伝社文庫

暴露《ばくろ》 遊撃警視《ゆうげきけいし》

平成31年 4 月20日　初版第 1 刷発行

著　者　南《みなみ》　英男《ひでお》
発行者　辻　浩明
発行所　祥伝社《しょうでんしゃ》
東京都千代田区神田神保町 3-3
〒101-8701
電話　03（3265）2081（販売部）
電話　03（3265）2080（編集部）
電話　03（3265）3622（業務部）
http://www.shodensha.co.jp/

印刷所　堀内印刷
製本所　ナショナル製本
カバーフォーマットデザイン　芥 陽子

Printed in Japan ©2019, Hideo Minami ISBN978-4-396-34512-9 C0193

祥伝社文庫の好評既刊

南 英男
特捜指令 射殺回路
対照的な二人のキャリア刑事が受けた特命、人権派弁護士射殺事件の背後には……。超法規捜査、始動！

南 英男
手錠
弟をやくざに殺された須賀《すが》警部は、志願して㊡《マルボウ》へ。鮮やかな手口、容赦なき口封じ。恐るべき犯行に挑む！

南 英男
怨恨 遊軍刑事《デカ》・三上謙《みかみけん》
渋谷署生活安全課の三上謙は、署長の神谷《かみや》からの特命捜査を密かに行なう、タフな隠れ遊軍刑事だった——。

南 英男
死角捜査 遊軍刑事・三上謙
狙われた公安調査庁。調査官の撲殺事件の背後には、邪悪教団の利権に蠢く者が⁉ 単独で挑む三上の運命は⁉

南 英男
癒着《ゆちゃく》 遊軍刑事・三上謙
ジャーナリストが刺殺された。特命を受けた三上は、おぞましき癒着《ゆちゃく》の構造に行き着くが……。

南 英男
捜査圏外 警視正《けいしせい》・野上勉《のがみつとむ》
刑事のイロハを教えてくれた先輩が死んだ。その無念を晴らすため、野上は彼が追っていた事件を洗い直す。

祥伝社文庫の好評既刊

南　英男
警視庁潜行捜査班 シャドー

「監察官殺し」の捜査は迷宮入りの様相……。捜査一課特命捜査対策室の秘密別働隊〝シャドー〟が投入された！

南　英男
警視庁潜行捜査班シャドー 抹殺者《まっさつ》

美人検事殺しを告白し、新たな殺しを宣言した〝抹殺屋〟。その狙いと検事殺しの真相は？　〝シャドー〟が追う！

南　英男
刑事稼業 包囲網

捜査一課、生活安全課……警視庁の各課の刑事たちが、靴底をすり減らしながら、とことん犯人を追う！

南　英男
刑事稼業 強行逮捕

捜査一課、組対第二課――刑事たちが足を棒にする捜査の先に辿りつく真実とは！　熱血の警察小説集。

南　英男
刑事稼業 弔《とむら》い捜査

組対の矢吹が、捜査一課の加門の目の前で射殺された。加門は事件の真相究明のため、更なる捜査に突き進む。

南　英男
殺し屋刑事《デカ》

悪徳刑事・百面鬼《どうめき》竜一《りゅういち》の〝一夜の天使〟が拉致された！　非道な暗殺指令を出す、憎き黒幕の正体とは？

祥伝社文庫の好評既刊

南 英男
特務捜査
男気溢れる〝一匹狼〟の刑事が迷宮入り直前の凶悪事件に挑む。目撃者のない、テレビ局記者殺しの真相は？

南 英男
新宿署特別強行犯係
警視庁と四谷署の刑事が次々と殺害された。新宿署に秘密裏に設置された強行犯係『潜行捜査隊』に出動指令が！

南 英男
邪悪領域 新宿署特別強行犯係
裏社会に精通した情報屋が惨殺された。耳と唇を切られた死体は、何を語るのか？ 強行犯係が事件の闇を炙り出す。

南 英男
冷酷犯 新宿署特別強行犯係
テレビ局の報道記者が偽装心中で殺された。背後にはロシアンマフィアの影が！ 刈谷たち強行犯係にも危機迫る。

南 英男
遊撃警視
「凶悪犯罪の捜査に携わりたい」準キャリアの警視加納は、総監直接の指令の下、単独の潜行捜査に挑む！

南 英男
甘い毒 遊撃警視
殺害された美人弁護士が調べていた、金持ち老人の連続不審死。やがて、老人に群がる蠱惑的美女が浮かび……。